E. W. Heine

Kille Kille
Geschichten

Kampa

Die Texte sind erstmals in folgenden Ausgaben erschienen:

Kille Kille. Makabre Geschichten.
Diogenes Verlag, Zürich 1983.

Hackepeter. Neue Kille-Kille-Geschichten.
Diogenes Verlag, Zürich 1984.

Das Glasauge. Neue Kille-Kille-Geschichten.
Diogenes Verlag, Zürich 1992.

An Bord der Titantic. Makabre Geschichten.
Albrecht Knaus, München 1992.

Kinkerlitzchen. Neue Kille-Kille-Geschichten.
C. Bertelsmann, München 2001.

Für den Blick hinter die Verlagskulissen:
www.kampaverlag.ch/newsletter

Covergestaltung: Herr K | Jan Kermes, Leipzig
Covermotiv: © Stephan Schmitz
Satz: Tristan Walkhoefer, Leipzig
Gesetzt aus der Stempel Garamond LT
Druck und Bindung: CPI book GmbH, Leck
Auch als E-Book erhältlich
ISBN 978 3 311 12506 8

Inhalt

Das Glasauge

Der November ist in Schottland ein trauriger Monat voller Regen, Nebel und Hoffnungslosigkeit. In solch einer Novembernacht quälte sich eine alte Ford-Limousine durch den endlos rauschenden Regen, der alles umhüllte, sogar die Gedanken. Monoton zerrissen die Scheibenwischer den bleigrauen Wasserschleier. Das kalte Licht der Scheinwerfer huschte suchend über blankes Kopfsteinpflaster und sprang schemenhaft von Stamm zu Stamm der schlafenden Chausseebäume.

Der Mann hinter dem Steuerrad hatte sich wie eine Schnecke in den Schutz seines Mantels zurückgezogen. Der hochgeschlagene Kragen und der weiche Filzhut gaben nur die Nase, eine Hornbrille und den Schnurrbart frei. Während Hände und Füße den Wagen mechanisch und selbständig wie Roboter bedienten, leuchteten hinter der Stirn farbige Gedankenbilder. Eine unendliche Welt aus Gefühlen, Gedanken und Träumen fuhr durch eine von Nebel und Dunkelheit eng begrenzte Umwelt. Beide Welten waren für den Mann am Steuer Wirklichkeit. Aber was war schon wirklich?

Dass es nicht die Dinge waren, die man mit seinen fünf Sinnen erlebte, wusste der Mann aus eigener Erfahrung. Er war Augenarzt, genauer gesagt Professor für Augenheilkunde. In Fachkreisen war sein Name weltweit bekannt, denn niemand hatte so viele Blinde sehend gemacht wie er. Er transplantierte Augen, wie andere Blinddärme entfernten. Er wusste, dass Blinde Dinge sahen, die Sehende nicht wahrzunehmen vermochten. Die Welt außerhalb der fünf Sinne war eine Realität, an der nur Narren zweifeln konnten. Er wusste von diesen Dingen nicht nur als Arzt. Er war selbst blind gewesen.

Die Landstraße führte über einen Berg. Der Wind ergriff das Auto und schüttelte es wie ein Spielzeug. Der Regen peitschte gegen das Blech, als hasste er das synthetische Monster, das sich mit dröhnendem Motor durch die Novembernacht fraß, in der sich alles natürliche Leben in sich selbst zurückgezogen hatte und erstarrt zu sein schien.

Die tiefe pessimistische Müdigkeit, die über dem Land lag, hatte keine Gewalt über den Mann hinter dem Steuer. Er hatte das Wochenende in seinem Landhaus in der Einsamkeit der Berge verbracht und befand sich jetzt auf dem Weg nach U., wo er eine private Augenklinik leitete, deren Patienten aus aller Welt zusammenströmten.

Da er wie viele Gelehrte ein Nachtmensch war und an chronischen Schlafstörungen litt, reiste er in seiner alten Ford-Limousine grundsätzlich nur nachts. Er liebte die Nachtfahrten, die nur ihm gehörten. Kein Telefon störte seine Gedankengänge.

Er sah auf die Uhr. Es lagen noch gut zwei Stunden Fahrt vor ihm. Nach seiner Ankunft würde er ein heißes Bad nehmen. Dann standen ihm noch vier Stunden Schlaf zur Verfügung. Mehr schlief er nie. Professor Wilson wollte sich gerade eine Zigarette anzünden, da sah er im Rückspiegel die Lichter. Das Auto näherte sich mit großer Geschwindigkeit. Die Scheinwerfer lagen sehr tief wie bei einem Sportwagen. Es war ein Porsche, der zum Überholen ansetzte, ins Schleudern kam und mit der linken Seite einen Chausseebaum streifte. Er überschlug sich mehrere Male auf dem Kopfsteinpflaster, brach Funken stiebend in mehrere Teile auseinander und stürzte seitlich der Straße in den dunklen Straßengraben. Professor Wilson stoppte und lief zurück zu dem Wagen. Er lag mit dem Dach nach unten, die Räder drehten sich noch in voller Fahrt. Es roch nach Benzin und verbranntem Gummi. Der Fahrersitz war leer.

Der Professor wendete seinen Wagen und parkte ihn so, dass das Licht der Scheinwerfer auf dem Autowrack lag. Ein paar Schritte neben dem Wagen lag in einer unnatürlich verdrehten Haltung ein Mann. Er hatte sich das Rückgrat gebrochen. Seine sterbenden Beine bewegten sich, als wollte er davonlaufen. Der Fremde war bei dem Aufprall durch die Windschutzscheibe geschleudert worden. Sein Gesicht war zerschnitten und blutete aus zahllosen Wunden.

Oberhalb der Stirn am Haaransatz klaffte ein tiefer, sichelförmiger Einschnitt. Die Kopfhaut war bis zur Mitte des Schädels zurückgeschoben, so als hätte man den Mann skalpiert. Seine Augen standen weit offen. Sie waren auf einen Gegenstand gerichtet, der sich in der Unendlichkeit zu befinden schien. Beide Augen waren unverletzt.

Professor Wilson blickte in das blutige Gesicht. Seine Gedanken liefen zurück bis in längst vergangene Tage.

Das zerschnittene Gesicht war sein eigenes. Die toten Augen gehörten ihm. Er hörte wieder die Stimme seiner Mutter, die auf der Gartenterrasse nach ihm rief. Er lag im Haus auf dem Teppich und las in einer Indianergeschichte. Er klappte das Buch zu, stand auf und rannte durch den Wohnraum dem Sonnenlicht entgegen. Er sah den gedeckten Tisch unter dem bunten Sonnenschirm und dahinter den Garten, der unter dem strahlenden Sommerhimmel seine üppig blühende Pracht entfaltete. Mit einem fürchterlichen Klirren zerbrach das Bild in tausend Scherben. Dahinter lag grenzenlose Dunkelheit. Er hörte den Schrei seiner Mutter und spürte das warme Blut auf den Wangen. Bevor er ohnmächtig wurde, wusste er, dass er durch die Glasscheibe der geschlossenen Terrassentür gerannt war. Er dachte an die vielen Operationen, mit denen sie die Sehkraft seines linken Auges gerettet hatten. Für das rechte kam jede Hilfe zu spät. Er trug seit seinem elften Lebensjahr ein Glasauge. Zwischen den Operationen lag er wochenlang mit verbundenen Augen in abgrundtiefer Dunkelheit. Er hatte nie gewusst, dass die Welt so voll von Geräuschen und Tönen war. Jedes Auto, das unter seinem Fenster vorüberfuhr, hatte seinen eigenen, unaustauschbaren, individuellen Klang. Er erkannte am Tonfall der Schritte die Schwestern und Ärzte, bevor sie sein Zimmer im Krankenhaus betraten. Der Wind in den Bäumen, das Bellen eines Hundes in der Nacht, der Duft eines Apfels, die Luft nach dem Regen. Es gab farbige Bilder, die er mit verbundenen Augen sah.

Damals war der Wunsch in ihm wach geworden,

Augenarzt zu werden und in die leuchtenden Geheimnisse des Sehens einzudringen. Inzwischen wusste er mehr vom Auge als die meisten lebenden Ärzte. Aber war es wirklich Wissen oder war es höchste Vollendung handwerklichen Könnens? Er war wie ein Uhrmacher, der alle Uhren der Welt kannte und doch nichts über das Wesen der Zeit wusste, das wie ein großer stetiger Strom durch diese Uhren floss.

Die Beine des Toten hatten aufgehört zu zucken. In ein paar Stunden würde die Totenstarre eintreten. Wilson untersuchte die Taschen und das Handschuhfach des Mannes. Er fand keine Papiere, aus denen der Name ersichtlich gewesen wäre. Das Gesicht des Toten war eine einzige blutverkrustete Masse. Wilson schrieb die Nummer des Autokennzeichens auf die Rückseite einer Zigarettenschachtel. Es gab nichts mehr, was er für den Fremden noch tun konnte, außer – er sah in die toten Augen – ihm die Augen zu schließen. Er beugte sich über ihn und bemerkte dabei, dass die toten Augen die gleiche Farbe hatten wie seine eigenen. Sie waren graugrün.

Der Tote war noch jung, Anfang zwanzig vielleicht. Wilson sah wieder sich selbst, die Gartenterrasse, das Glas und das Blut. Der Mann hier war tot, sein Gesicht und sein Körper waren zerstört. Nur seine Augen waren heil geblieben. Bei ihm war es genau umgekehrt gewesen. Etwas Schicksalhaftes verband ihn mit dem Toten. Obwohl er ihm niemals lebend begegnet war, gab es eine starke Anziehungskraft zwischen ihnen, es waren die Augen.

Der junge Mann war zwar tot. Die Todesursache stand einwandfrei fest: Verkehrsunfall mit tödlichem Ausgang auf einer einsamen Landstraße. Es würde eine flüchtige routinemäßige Untersuchung der Polizei geben. In spätestens einer Woche lag der Mann unter der Erde. Seine sterblichen Überreste waren ein Abfallprodukt der Natur. Man würde die Leiche beerdigen oder verbrennen, und das war der Punkt, wo Wilsons Überlegungen einsetzten. Noch lebten die Augen des Mannes. Es würde mehrere Stunden dauern, bis auch sie starben.

Er lief zurück zu seinem Wagen und holte seinen Arztkoffer, den er stets für den Notfall mit sich führte. Er wusste, er handelte gegen die bestehenden Gesetze, aber diese Gesetze waren seiner Meinung nach sentimental, dumm und überholt. Die Leiche war für die Gesellschaft ohne Wert. In wenigen Stunden waren die Augen tot. Eine seltsame Anziehungskraft ging von diesen Augen aus. Er kniete auf dem feuchten Laub nieder und griff mit geübten Fingern dem Toten in das rechte Auge. Er spürte die gallertartige feuchte Masse, als er den Augapfel aus dem Schädel zog. Es gab ein schmatzendes Geräusch. Wie eine reife Tomate lag das Auge auf seiner Hand. Er durchtrennte den Sehnerv mit dem Skalpell und wickelte das zarte Sehorgan in ein Gazetuch, das er mit seinem eigenen Speichel anfeuchtete. Dann holte er sein eigenes Glasauge aus der Augenhöhle und drückte es dem Toten in das zerstörte Gesicht. Es war starr und tot wie das andere. Niemand würde den Unterschied bemerken. Was machte es schon aus, ob man den Fremden mit seinem eigenen oder mit einem Glasauge beerdigen würde. Trotzdem kam er sich wie ein Dieb vor, als er zu seinem Wagen zurückging.

Zu Hause legte er das Auge wie eine kostbare Perle in die für die Transplantate vorgesehene Nährlösung und verschloss es in seinem Tresor. Während der nächsten Tage verbrachte er viele Stunden vor dem gläsernen Reagenzgefäß in Betrachtung seines zukünftigen Auges. Es war kraftvoll, jung und lebte, während sein Träger bereits in Verwesung übergegangen war. »Ich bin der einzige Mensch, der sein eigenes Auge sieht«, sagte er zu sich selbst, und er kam sich vor wie ein Schöpfer, der sich selbst aus eigener Kraft erschafft.

Er besprach jede Einzelheit der Operation mit seinem ersten Assistenten, einem jungen Chirurgen, der besessen war von dem Wunsch, seinen Meister zu überflügeln. Als Professor Wilson auf dem Operationstisch lag, war er Chirurg und Patient zugleich, Meister und Werkstoff.

Nach einer bangen Woche stand fest, dass der Körper das artfremde Gewebe nicht abgestoßen hatte. Wilson zählte die Stunden bis zur Abnahme des Verbandes. Man hatte ihm, wie das bei solchen Operationen üblich ist, beide Augen verbunden, um jede Bewegung des transplantierten Auges zu verhindern. Wieder lag er in abgrundtiefer Dunkelheit und wartete. Wieder erlebte er die fremdartige, farbige Welt der Geräusche. Er lauschte seinem Pulsschlag in dem fremden Auge, dem Rauschen des Blutes in den Schläfen und seinem Atem. Ein Flugzeug zog seine einsame Bahn über den Wolken, eine Stubenfliege brummte ihren Zorn gegen das Glas des Fensters. Die Vögel verkündeten den Tag und die

Hunde verbellten den Mond. Am lautesten aber sprach die Stille.

Am 1. Dezember wurde der Verband abgenommen. Obwohl das Zimmer abgedunkelt war, erlebte Wilson die Helligkeit wie eine ungeheure Explosion. Nach einer Weile erkannte er die einzelnen Gegenstände des Raumes wie hinter einer Milchglasscheibe. Als seine Augen sich an das Licht gewöhnt hatten, wurden Konturen schärfer und schärfer, bis sie klar und greifbar vor ihm standen. Zum ersten Mal seit seiner Kindheit sah er seine Umwelt plastisch mit zwei Augen. Er stand da und schaute mit grenzenlosem Erstaunen auf die nebensächlichsten Dinge. Niemand sprach. Schließlich bat er um einen Spiegel. Er betrachtete sich lange. In dieser Nacht schlief er nicht. Der Verband wurde jeden Tag ein wenig länger abgenommen. Bereits nach ein paar Tagen trug der Professor nur noch eine starke Sonnenbrille. Die Operation war ein voller Erfolg gewesen.

Aber jedes Mal, wenn er in den Spiegel schaute, und das tat er oft, dachte er an den unbekannten Toten, der ihn mit seinem Auge anstarrte. Alles, was er von dem Fremden wusste, war eine Autonummer auf der Rückseite einer leeren Zigarettenschachtel. Aber allmählich verblasste auch diese Erinnerung immer mehr.

Kurz vor Weihnachten meldete die Sekretärin des Professors einen älteren Herrn, der sich als Kriminalinspektor Carter von Scotland Yard vorstellte. Carter war kein Mann von langen Floskeln. Er kam sofort zur Sache:

»Herr Professor, wir haben da ein Problem, bei dem wir auf Ihre Mithilfe angewiesen sind.« Er holte einen

Aktenordner aus seiner Tasche, schlug ihn auf und fuhrt fort: »In der Nacht vom 4. zum 5. November dieses Jahres ereignete sich auf der Landstraße R 236 nicht weit von der Abzweigung nach G. ein tödlicher Unfall. Ein weißer Porsche geriet auf dem nassen Kopfsteinpflaster bei hoher Geschwindigkeit ins Schleudern und zerschellte an einem Chausseebaum. Der Fahrer war auf der Stelle tot.«

Professor Wilson spürte den kalten Angstschweiß auf seiner Stirn. Er zündete sich mit zitternden Händen eine Zigarette an. »Den gerichtsmedizinischen Befund finden Sie in diesem Ordner. Der Porsche war eine Woche vorher in London gestohlen worden. Der Fahrer des Wagens war uns zunächst unbekannt. Anhand der Fingerabdrücke gelang es uns, den Toten vor ein paar Tagen einwandfrei zu identifizieren. Es handelt sich um den mehrfach vorbestraften Westdeutschen Helmut Korff. Er trug als unveränderliches Kennzeichen ein Glasauge. Diese Tatsache war der Ortspolizei bedauerlicherweise entgangen. Eine vor zwei Tagen nachträglich durchgeführte Exhumation der Leiche ergab, Sie werden es nicht glauben, dass Helmut Korff zwei Glasaugen hatte. Wie aber, zum Teufel, kann ein Mensch mit zwei Glasaugen einen Wagen fahren? Können Sie mir diese Frage beantworten?«

Professor Wilson dachte: »Ja, das kann ich.« Dann verlor er die Nerven und lachte, dass es wie das tierische Heulen einer lachenden Hyäne durch die Gänge der Klinik schallte.

Der Osborn-Akt

Ein Dandy ist ein Mensch männlichen Geschlechts britischer Herkunft, der sich zu nichts anderem berufen fühlt, als seine eigene Person zu kultivieren. Originalität geht ihm über alles. Er genießt es, Erstaunen zu erzeugen, ohne jemals selber erstaunt zu sein. Er wohnt, speist und kleidet sich distinguiert einfach, aber mit Stil. Vor allem verfügt er in reichem Maße über Geld und Zeit, wobei Geld für den vollkommenen Dandy nichts weiter ist als ein Hilfsmittel der aristokratischen Überlegenheit seines Geistes über die Trivialität des Alltags.

Ernest Osborn war ein Dandy. Er selbst bezeichnete sich bisweilen als Bohemien, was nicht stimmte, denn ein Bohemien ist ein zum Proletariat abgesunkener Künstler; ein Dandy dagegen ist ein nach oben deklassierter bürgerlicher Intellektueller. Und genau das war Ernest Osborn.

An einem nebligen Novembernachmittag lag Osborn auf seinem Bett und betrachtete die junge Frau, mit der er seit acht Tagen und sieben Nächten das Schlafzimmer teilte. Obwohl er sie ständig sah, erfüllte sie ihn immer wieder von Neuem mit erstaunter Bewunderung. Sie lehnte nackt an der Wand gegenüber dem Fenster, selbstsicher und ohne falsche Scham. Er bewunderte den Schwung der Hüften, die aufwärts gewölbte Form ihrer Brüste. Er liebte das blasse Rosa ihrer Brustknospen, die grünvioletten Schatten ihrer seidigen Haut und das dunkle Rot ihres viel zu großen Mundes. Oh, diese Augen, Offenbarung und Rätsel zugleich! Osborn betrachtete das kastanienfarbene Haar, das wie Feuer auf ihrer blassen Haut leuchtete.

»Du bist die schönste Frau, die mir je begegnet ist«, seufzte er. »Wie schade, dass du zweihundert Jahre älter bist als ich.« Er erhob sich, ging zu ihr und streichelte die kühle Leinwand. »Du bist ein Meisterwerk. Schon als Kind hast du mir den Kopf verdreht. Wenn ich meine Schulferien in White Bridge Castle bei Tante Modesty verbrachte, stand ich oft vor dir und bestaunte deine Schönheit. Du warst die erste Frau in meinem Leben, die ich nackt sah. Ich konnte mich nie sattsehen an dir.

›Der Junge wird mal ein richtiger Casanova‹, hat Tante Modesty zu ihrer Schwester gemeint. Und ein anderes Mal, als ich allein mit ihr war, hat sie mich in ihre Arme genommen und gesagt: ›Du bist der einzige Osborn, der die Schönheit dieses Meisterwerks zu würdigen weiß. Für alle anderen ist der Rubens nur eine Kapitalanlage. Du wirst das Bild nach meinem Tod erben.‹ Obwohl ich nicht verstand, wovon sie sprach, habe ich ihre Worte nicht vergessen. Sie hat ihr Versprechen gehalten. Sie ruht unter dem Rasen von White Bridge Castle, und du gehörst mir ganz allein, fast ganz allein.« So sprach er zu dem Bild. »Täglich bekommen wir Post aus aller Welt. Es gibt kein Kunstmuseum, das sich nicht für dich interessiert. Alle sind verrückt nach dir. Wenn ich dich behalte, Geliebte, so müssen wir mein Appartement in eine

Festung verwandeln. Die Versicherungsgesellschaften verlangen Gitter vor allen Fenstern und Alarmanlagen wie in Fort Knox. Wollen wir das? Nein. Wenn ich mich von dir trenne, so beansprucht der Staat zwei Drittel von dem Erlös. Stell dir vor, wir finanzieren mit dir Gummiknüppel, Steuerformulare und ganze Alleen von Parkuhren. Wollen wir das? Nein. Wie hat Bernard Shaw gesagt: ›Wenn du keine Probleme hast, so lass ein Weib an dich heran.‹ Am aufdringlichsten sind die Reporter. Ich glaube, es ist an der Zeit, dass wir diesem proletarischen Gesindel eine Lektion erteilen.«

Ein paar Tage später sah Osborns Appartement wie ein Filmstudio aus. Elektrokabel schlängelten sich durch alle Räume. Scheinwerfer wurden in Stellung gebracht. Fernsehkameras warteten auf ihren Einsatz. Züchtig verhüllt lehnte das Gemälde an der Wand. Und dann trat Ernest Osborn vor die Reporter. Die Beleuchtung flammte auf. Die Fernsehkameras begannen zu surren.

»Der Artemis-Tempel in Ephesus gehörte im Altertum zu den Sieben Weltwundern. Kennen Sie den Namen seines Architekten? … Ich kenne ihn auch nicht. Aber noch heute lernen wir in der Schule, dass Herostratos ihn 356 vor Christi Geburt angezündet hat. Weiß jemand von Ihnen, wer Hiroshima erbaut hat? Nein. Aber den Erfinder der Atombombe kennt jeder. Die Zerstörung eines Kunstwerks erfreut sich anscheinend größerer Beliebtheit als seine Erschaffung. Die Helden unserer Nation haben ihren Ruhm ausnahmslos der Vernichtung zu verdanken. Nelson hat die französische Flotte geschlagen und Churchill die deutschen Städte. Wilhelm der Eroberer hat bei Hastings gemetzelt und Lord Kitchener in Transvaal. Ich habe mich entschlossen, dieses vollendete Meisterwerk hier zu zerschneiden, um unsterblich zu werden.«

Er enthüllte den Akt.

»Das dürfen Sie nicht«, unterbrach ihn ein Reporter.

»Doch, ich darf«, verbesserte ihn Osborn. »Ich mache mich strafbar, wenn ich eine Pfundnote zerschneide. Aber es gibt kein Gesetz, das mir verbietet, ein Gemälde zu zerschneiden, das mir gehört, und sei es eine Million Pfund wert. Das ist übrigens weniger als der Anschaffungspreis einer Langstreckenrakete, deren Sprengkraft ausreicht, alle Kunstwerke Londons zu zerstören. Dieses Vernichtungspotenzial wird mit Ihren Steuermitteln finanziert. Ich gebe heute gewissermaßen einen aus.«

Ernest Osborn eröffnete das Gemetzel, indem er dem Mädchen die Finger der linken Hand abtrennte. Es war totenstill. Nur die Filmkameras surrten. Es folgten die Finger der rechten Hand und die Zehen. Unterarme und Waden wurden angeschnitten wie geräucherte Salamis. Als er das Rasiermesser unterhalb des Nabels ansetzte, stöhnte ein Kameramann, als sei er Zeuge eines Kaiserschnitts. »Möchte jemand von Ihnen die Amputation dieses Beines übernehmen?«, wandte sich Osborn an die Reporter. »Die Gelegenheit, einen Rubens zu zerschneiden, bietet sich nicht alle Tage.« Wie eine Haiflosse umkreiste die Klinge die nackten Brüste. Zum Schluss durchschnitt Osborn dem Mädchen die Kehle, trennte ihm mit einem Ruck den Kopf vom Rumpf und warf ihn zu den anderen Leichenteilen. »Operation gelungen, Patient tot!«

Die Presse schrieb: »Der größte Vandalismus seit der Bombardierung Dresdens.« Die Premierministerin schaltete sich persönlich ein und beantragte eine Gesetzesänderung, um ähnliche kulturelle Katastrophen in Zukunft zu verhindern.

Ernest Osborn wurde über Nacht berühmt. Selbst Menschen, die noch nie etwas von Rubens gehört hatten, kannten seinen Namen. Das zerschnittene Meisterwerk hieß in allen Publikationen nur noch der ›Osborn-Akt‹. Unter dieser Bezeichnung wird er wohl in die Kunstgeschichte eingehen wie die Laokoon-Gruppe oder die Sixtinische Kapelle. Die bürgerliche Presse schimpfte Osborn einen krankhaften Kunstkiller, einen satten Sadisten, der in eine Anstalt gehörte. Ein linksorientiertes Blatt nannte ihn ›ein Fanal für die Friedensbewegung‹. »Wer von uns«, hieß es dort, »wäre bereit, seinen Rubens, der gut und gern eine Million Pfund wert ist, für ein Ideal zu opfern?«

In diesem Punkt irrte der Schreiber.

Nur wenige Stunden nachdem Osborn das Gemälde mit seinem Rasiermesser zerschnitten hatte, meldeten sich die großen Galerien aus aller Welt, um die Einzelteile des berühmten Puzzlespiels unter der Hand zu erwerben. Der rechte Fuß und das linke Knie gingen an die Uffizien in Florenz, Bauch und Rippen an die Alte Pinakothek in München. Schenkel und Schamhaar erwarb der Louvre. Es war wie bei einem westfälischen Schlachtfest. Osborn verkaufte alles, frisch und erbschaftssteuerfrei. Und als er die Einnahmen addierte, bestätigte sich wieder einmal die alte Erkenntnis des Einzelhandels, dass sich der Wert eines Schweines leicht verdreifachen lässt, wenn man es verwurstet.

Für viele Jahre würden die großen Kunstmuseen der Welt damit beschäftigt sein, sich gegenseitig die Einzelteile des Osborn-Akts anzubieten und abzukaufen, bis es einem von ihnen gelingen würde, das ganze Gemälde wieder zusammenzufügen, fast zusammenzufügen, denn den Kopf hatte Osborn für sich behalten.

Er lag auf seinem Bett, die Arme hinter dem Kopf verschränkt und betrachtete sein Mädchen, die spöttisch blitzenden Augen, das kastanienrote Haar und den wundervoll sinnlichen Mund.

»*It was a good game*«, sagte er. »Wir hatten Spaß und Erfolg. Nach dem in England bewährten Motto ›Divide et impera!‹ haben wir das Finanzamt ausgetrickst und obendrein noch den Verkaufspreis verdoppelt. Wir sind berühmt wie Lord Nelson und Lady Hamilton. Und das alles ist geschehen, ohne dass ich dich hergeben musste, abgesehen von deiner Blöße. Aber schließlich liebt ein Gentleman eine Dame nicht nur wegen ihres Körpers.«

Die Insel

Bernhard sah das Ding als Erster. Es trieb steuerbord voraus in der See. Sie segelten seit einer Stunde auf Backbordbug. Er holte die Großschot dicht, ging härter an den Wind und rief nach Beate, die unten in der Kombüse die Peilscheibe reparierte. Als sie nach oben kam, hatte er den Gegenstand aus den Augen verloren. Gemeinsam suchten sie mit dem Fernglas das Meer ab. Nichts. Nur Wellen und glitzernde Lichtreflexionen.

»Du träumst«, lachte sie. »Ich mach dir einen Tee.« Sie wollte schon gehen, da sahen sie es beide.

Das Ding tanzte auf den dümpelnden Wellen wie der Schwimmer einer Angel.

»Es ist eine Flasche«, sagte Beate.

Sie segelten vor der Südostküste Afrikas, fern aller Schifffahrtslinien. Schwimmender Abfall war hier so selten wie sauberes Wasser an der Riviera.

Es war eine ganz gewöhnliche Schnapsflasche, grün, mit kurzem Hals, ohne Etikett. Der Korken sah so aus, als hätte er schon in vielen Flaschen gesteckt. Er war speckig schwarz wie altes Leder. Beate rieb die Flasche an ihrer Leinenhose trocken und hielt sie gegen die Sonne. Sie war leicht und schien leer zu sein. Oder war da etwas?

Als sie den Korken mit dem Taschenmesser herausgepolkt hatten, fanden sie einen schmutzig-weißen Lappen.

Er sah aus wie leichtes Segeltuch. Der Fetzen war nicht größer als zwei Handflächen. Als sie ihn umdrehten, entdeckten sie die Schrift:

Mary Ann / sos / 1.3.82

Darunter waren Linien gekritzelt, ein langer senkrechter Strich und mehrere kleine Kringel verschiedener Größe. Einer davon war durchkreuzt, so als habe der Zeichner ihn wieder ausstreichen wollen.

»Eine Flaschenpost«, sagte Beate.

Die Dunkelheit überfiel sie mit tropischer Schnelligkeit. Bernhard holte seinen Sextanten, machte eine Standortbestimmung und trug die Position ins Logbuch ein. Darunter schrieb er: Flaschenpost gefunden. 18.30 Uhr / 10.3.82.

Unter Deck breiteten sie den Fund auf dem Kartentisch aus. Beide zweifelten nicht daran, dass es sich um einen wirklichen Hilferuf handelte. Eine überzeugende Kraft ging von diesem einfachen Stück Stoff aus. Mary Ann, das war der Name des Schiffes. Viele englische Schiffe hießen so. Im Hafen von Durban hatten sie neben einer Mary Ann gelegen. sos war klar. Jeder kennt den internationalen Hilferuf. 1.3.82, das musste das Datum des Schiffbruches sein. Der Bordkalender zeigte den 10.3.82. Der Hilferuf war also neun Tage alt. Da es in diesem Teil des Indischen Ozeans keine nennenswerte Strömung gab, konnte die Flasche nicht weit geschwommen sein. Die Überlebenden mussten sich in erreichbarer Nähe befinden. Aber wo?

Sie studierten die Linien unter der Schrift. Es handelte sich offensichtlich um eine Landkartenskizze. In der langen geschwungenen Senkrechten erkannte Bernhard die Küstenlinie des Festlandes. Deutlich sah man die Trichtermündungen von Limpopo und Sambesi. Die Punkte im Meer waren Inseln. Sie verglichen die Zeichnung mit ihren Seekarten und stellten mit Erstaunen fest, dass der Absender der Flaschenpost sich in der Geographie der Gegend hervorragend auskannte. Die Gruppierung seiner Inseln stimmte mit denen ihrer Karte klar erkennbar überein.

Bernhard zeigte auf den angekreuzten kleinsten Punkt im äußersten Südosten der Inselgruppe.

»Hier ist er«, sagte er. »Hier hat er die Flasche ins Meer geworfen.«

»Wieso er?«, fragte Beate. »Vielleicht ist es eine Frau. Vielleicht sind es mehrere Männer. Vielleicht sind sie ein Paar wie wir beide. Wir wissen nichts über den Absender.«

»Wir wissen eine ganze Menge über ihn«, sagte Bernhard. »Er spricht Englisch und kann schreiben. Das heißt, er ist wahrscheinlich kein eingeborener Fischer. Die sprechen hier in der Gegend, wenn sie schreiben können, Portugiesisch. Er ist allein und hat nichts weiter gerettet als sein Leben. Wäre es anders, so hätte er das ganz bestimmt mitgeteilt. Die traurige Tatsache, dass er allein ist, scheint ihm nicht erwähnenswert. Trotzdem ist er ein ungewöhnlicher Glückspilz, einer, der beim Würfeln immer gewinnt.«

»Wieso?«

»Sonst hätten wir seine Flaschenpost nicht gefunden,

eine Woche, nachdem er sie ins Meer geworfen hat, in dieser gottverlassenen Gegend. Wenn das kein Glück ist!«

»Ob er wohl noch lebt?«

»Ganz sicher. Hier unten regnet es regelmäßig. Es gibt Süßwasser, Pflanzen, Fische, Muscheln und Krabben. Er findet alles, was er braucht, um zu überleben.«

Bernhard berechnete den neuen Kurs, setzte Genua- und Besansegel, und als die Sonne aus dem Meer tauchte, trennten sie nur noch neunzig Seemeilen von dem angekreuzten Punkt. Beate plante bereits, wo der neue Passagier schlafen sollte. Ob er wohl groß oder klein war, alt oder jung. Vielleicht brauchte er ärztliche Hilfe. Bernhard überprüfte in Gedanken ihre Proviantreserven. Es gab keine Probleme.

Am Abend saßen sie wieder vor dem Stoffstreifen.

»Womit er das wohl geschrieben hat?«, fragte Beate. »Es wird nicht leicht sein, auf einer öden Insel etwas Schreibbares aufzutreiben.«

Bernhard untersuchte das Tuch mit der Kartenlupe.

»Es ist Kohle vermischt mit Fett. Schon die alten Chinesen haben aus Öl und Ruß Tusche gemacht. Das Zeug ist besser als alle Tinten und hält ewig.«

»Wenn er Ruß hat«, sagte Beate, »dann hat er auch Feuer. Woher soll er sonst den Ruß haben. Und wenn er Feuer hat, so geht es ihm gewiss nicht allzu schlecht. Er hat Licht und kann kochen.«

Bernhard bewunderte ihre Logik und freute sich auf den nächsten Tag. Im ersten Morgendunst entdeckten sie die Inseln. Sie schienen bewachsen. Als sie näher kamen, erkannten sie einzelne Palmen. Mit vorsichtigem

Abstand segelten sie vor dem Wind nach Süden. Zweimal sahen sie Haie. Endlich erreichten sie die angekreuzte Insel. Sie lag etwa zwei Seemeilen von der nächsten entfernt und hatte eine auffallend starke Brandung. Auf der Suche nach einem Landeplatz entdeckten sie eine Bucht auf der dem offenen Meer abgelegenen Seite. Das Wasser war hier glasklar. Aufgeregt sprangen ein paar fliegende Fische davon. Die Korallen und Seenelken unter dem Bug leuchteten wie Blumenbeete. Nichts verriet die Anwesenheit von Menschen. Die Stille war unheimlich und beängstigend. Beate dachte an Menschenfresser und Bernhard an Piraten.

Bevor sie Anker warfen, steckte er seinen Revolver in die Hosentasche. Dann ruderten sie mit dem Schlauchboot an Land. Der weiße Sandstrand war unberührt. Sie bahnten sich einen Weg durch das dornige Gestrüpp. Kurze Zeit später standen sie auf dem höchsten Punkt der Insel. Ungehindert wanderte der Blick nach allen Seiten. Es war nur ein winziges Inselchen, bewachsen mit hartlaubigem, mannshohem Gebüsch. Es gab weder Menschen noch Tiere, keine Vögel, nicht einmal Insekten. Nur die Brandung rauschte. Sie liefen den schmalen Strand entlang, entdeckten einen kleinen Tümpel mit sauberem Regenwasser und fingen eine fast zwei Pfund schwere Strandkrabbe.

Und dann entdeckten sie die Fußspur. Es war nicht der Abdruck eines nackten Fußes, es war ein Schuh, ein großer Schuh. Der Abdruck war frisch und verlief in ihrer Richtung, so als sei der Mann vor ihnen davongelaufen.

»Das Boot«, keuchte Bernhard, »wir müssen sofort zurück!« Wie hatten sie nur das Boot allein und unbewacht in der Bucht liegen lassen können. Sie rannten, so schnell sie konnten. Ohne Boot waren sie verloren. Vielleicht war der Mann, den sie suchten, ein Krimineller, ein Verrückter oder ein Wilder, der sich mit ihrem Boot davonmachte und dem es völlig gleichgültig war, was aus ihnen wurde.

Sie rannten um ihr Leben. Und dann warf sich Bernhard zu Boden. Er stürzte und wälzte sich im Sand, als habe ihn eine Schlange gebissen oder als habe er Krämpfe. Er hielt sich die Hände vor den Leib und lachte wie ein Wahnsinniger. Beate verstand die Welt nicht mehr.

»Sieh nur«, lachte er. »Sieh nur«, und zeigte vor sich auf den Strand. Neben dem Schuhabdruck, den sie verfolgten, lief jetzt ein zweiter kleinerer. Und dann begriff sie es auch: Sie verfolgten ihre eigene Spur. Vor ihnen lag die Bucht mit dem Boot. Sie waren zum Ausgangspunkt ihres Inselrundganges zurückgelangt. Das Ganze hatte nicht einmal eine halbe Stunde gedauert. Erleichtert und enttäuscht kehrten sie zum Boot zurück. Sie waren jetzt fast sicher, dass sich außer ihnen niemand auf der Insel befand.

Sie studierten die Flaschenpost, verglichen die Skizzen mit ihren Seekarten und kamen zu dem Schluss, dass sie sich auf der richtigen, angekreuzten Insel befanden. Der Zeichner hatte sogar die dem offenen Meer abgewandte Bucht angedeutet.

Immer wieder lasen sie den Hilferuf: Mary Ann / SOS 1.3.82 … Mary Ann / SOS 1.3.82 …

Beate meinte: »Vielleicht ist er zur Nachbarinsel geschwommen.«

»Zwei Meilen durch diese Brandung. Das Meer wimmelt von hungrigen Haien. Niemals!«, sagte Bernhard.

Vor lauter Grübeln vergaßen sie das Mittagessen. Ein tropischer Regen ballte sich über der Insel zusammen. Es goss in Strömen. Seit dem 1.3. waren jetzt 14 Tage vergangen.

»Wenn wir hier gestrandet wären, was hätten wir gemacht?«, fragte Beate.

»Wir hätten eine Flaschenpost ins Meer geworfen.«

»Und dann?«

Bernhard sah hinaus in den Regen. »Wir würden uns eine Hütte bauen, als Schutz vor Regen und Sonne.«

»Du hast recht«, sagte Beate. »Lass uns nach seiner Behausung suchen.«

Sie kehrten zur Insel zurück und waren sich darin einig, dass sie ihre Hütte auf dem höchsten Punkt der Insel errichtet hätten, um vorüberfahrende Schiffe früh genug erkennen zu können. Sie würden ein Feuer entzünden und grünes Laub hineinwerfen und Rauchzeichen geben. So kletterten sie zum zweiten Mal an diesem Tag auf den Hügel.

Die Sonne stand schon tief im Westen. Ein Regenbogen spannte sich über den Himmel. Die Schatten wurden länger und länger. Das Meer war müde.

Plötzlich flog ein schwarzer Gegenstand auf Beate zu. Erschrocken taumelte sie zurück. Da kam bereits der nächste, so als nähme sie jemand unter Beschuss. Die Geschosse verfehlten nur knapp ihr Ziel.

»Fledermäuse«, rief Bernhard.

Die Tiere tauchten vor ihnen aus dem Boden auf. Bernhard bog das dornige Gebüsch auseinander und blickte in den Eingang einer Erdspalte. Sie führte schräg nach unten in die Erde. Eine Höhle!

Vorsichtig steckten sie ihre Köpfe hinein. Die Sonne stand jetzt so tief, dass sie fast waagrecht in die Höhle hineinschien. Sie traten das Gestrüpp vor dem Eingang mit ihren Schuhen nieder und sahen in einen Raum von drei Metern Breite, der sich nach hinten im Dunkeln verlor. Dicht am Eingang erkannten sie eine Feuerstelle mit kalter Asche und angekohlten Holzresten.

»Ist da jemand?«, rief Bernhard.

Als Antwort flogen ihnen ein paar Fledermäuse entgegen. Dann war es wieder totenstill.

»Er ist nicht zu Hause«, sagte Beate.

Sie kletterten hinab in die Höhle. Als sich ihre Augen an das Halbdunkel gewöhnt hatten, sahen sie einen Tisch und einen Hocker aus armdicken Ästen, primitiv und wacklig. In einem geflochtenen Korb lag Brennholz. Ein selbstgeschnitzter Krückstock lehnte an der Wand.

»Wo er wohl ist?«, fragte Beate.

»Er wird schon kommen.«

»Wir sind den ganzen Tag über die Insel gelaufen und haben ihn nicht gesehen. Wie ist das möglich? Ob er sich vor uns versteckt?«

»Warum sollte er?«

Plötzlich bewegte sich etwas im Hintergrund der Höhle, ganz vorsichtig, aber sie hatten es beide gehört. Da war es wieder!

»Ist da jemand?«, fragte Bernhard.

Nichts.

Sie starrten in die Dunkelheit. War da nicht ein Bett, ein Lager aus trocknen Gräsern?

»Vielleicht schläft er«, flüsterte Beate.

Bernhard riss ein Streichholz an. Mehrere erschreckte Fledermäuse jagten durch den Raum.

»Komm, lass uns gehen«, sagte Beate. »Ich möchte draußen auf ihn warten.«

Aber Bernhard hatte bereits das nächste Streichholz angerissen. Da lag doch jemand. Sie sahen es beide: Vor ihnen lag der fast völlig verweste Leichnam eines Menschen. Der flackernde Schatten der Flamme huschte über das knöcherne Gebein. Der Tote grinste sie mit gefletschten Zähnen an. Das flackernde Licht bewegte sich in den leeren Augenhöhlen, als würde das Skelett mit den Augen rollen. Die Flamme verlosch. Die Dunkelheit war erdrückend. Sie wagten nicht zu atmen. Dann flammte das nächste Streichholz auf. Der Anblick war grausig. Weißes Kopfhaar klebte wie eine schlechte Perücke an dem vermoderten Schädel. Wie Spinnweben klebte ein dünner, langer Bart am Kinn. Er lag über einer Halskette mit goldenem Kreuz. Bevor das Licht erlosch, sahen sie die rußige Schrift an der Wand über dem Lager: Mary Ann / 1.3.82.

Dann stürzten sie zum Ausgang der Höhle. Dunkle Gewitterwolken hingen über der Insel.

Es regnete in Strömen. Sie fassten sich bei den Händen und rannten den Hügel hinab zum Schiff.

Beate fragte: »Wer war der Tote?«

»Er war der Mann, den wir suchen«, sagte Bernhard. Und er fügte hinzu: »Mary Ann / 1.3.82 … 1882. Wir waren hundert Jahre zu spät.«

Tante Greta

Reden ist Silber, Schweigen ist Gold. Wenn dieser Satz stimmt, so gibt es in Schweden kein Silber, aber Gold in Massen. Hier sind die Menschen so gesprächig wie bei uns die Fische.

In einem Dorf im Süden, zwei Autostunden von Malmö und einen Steinwurf vom Meer entfernt, stand die weiß gekalkte Kate, die Arne und Ulla Jacobsen bewohnten.

Ein Rieddach mit bemoostem Giebel saß wie eine Schlafmütze auf dem windschiefen Gemäuer, an dem sich Efeu und Heckenrosen emporrankten und miteinander wetteiferten. Im Winter, wenn der Rosenstrauch sein Laub verloren hatte, dann triumphierte der immergrüne Efeu über das dornige Gestrüpp. Im Sommer aber siegte die leuchtende Pracht der wilden Rosen über den unbedarften Klettergefährten, der zwischen all dem satten Grün des Sommers nur grün war und nichts weiter.

Es war wieder einmal die Zeit, in der der Efeu triumphierte. Die Nächte waren lang und die Tage kurz. Der Friede der langen Abende war überall eingekehrt, nicht so in dem Haus am Meer. Der Ehekrieg begann, wenn Arne von der Arbeit nach Hause kam, und endete, wenn er morgens ging. Kein Wunder, dass er immer seltener nach Hause kam. So wie die Dinge lagen, hätte Ulla sich eigentlich darüber freuen sollen, stattdessen wurde sie immer zorniger und böser.

Sie waren kein ehemüdes altes Ehepaar, sondern zwei junge Menschen, deren Ehe erst drei Efeu-Heckenrosen-Wechsel alt war. Sie hatten nicht aus blinder Verliebtheit geheiratet, sondern aus Zuneigung und Freundschaft. Sie waren nicht arm und nicht frigide. Arne trank nicht, und Ulla war treu und sauber.

Die Ursache ihres totalen Krieges, der, wie es schien, nur noch vor dem Scheidungsrichter oder einer Mord-kommission beigelegt werden konnte, saß in einem le-dernen Lehnstuhl ihres Wohnzimmers und hieß Tante Greta. Tante Greta war so alt wie eine Eiche und so zahnlos wie ein Wurm. Sie war nicht boshaft und nicht gütig, nicht laut und nicht leise, sie war nur anwesend. Das aber war sie seit ihrer Vermählung ständig und un-unterbrochen.

Ulla und Arne hatten keine Hochzeitsreise gemacht, weil man die Tante weder allein lassen noch mitnehmen konnte. Wenn sie am Sonntagmorgen zum Segeln gingen, hatten sie ein schlechtes Gewissen. Nicht dass die Tante sich jemals beklagt hätte.

Aber wenn Arne und Ulla ihre Anoraks anzogen, so be-kamen ihre alten Augen den wehmütigen Glanz eines zu Unrecht verprügelten Dackels. Diese Augen verfolgten sie bei Tag und bei Nacht. Tante Greta war immer an-wesend, selbst wenn sie nicht da war. Die alte Dame saß in ihrem Lehnstuhl wie eine lebensgroße ausgestopfte Puppe, eine Mumie oder ein Fetisch von den Fidschi-

Inseln mit Muschelaugen und Kokosfaserhaar. Sie sprach nicht, bewegte sich nur selten, und wenn, dann mit dem Temperament einer Schildkröte. Dafür aß sie mit gutem Appetit. Wirklich lebendig waren nur ihre Augen, die flink in dem faltigen Gesicht hin und her huschten. Niemals erwärmte sie der Glanz eines Lächelns, nie wurden sie vom Zorn verfinstert oder von Erstaunen geweitet. Sie waren wie das magische Kontrollauge eines elektrischen Apparates, alles kontrollierend, nie ermüdend und immer anwesend. Ulla verbrachte den größten Teil des Tages in der Küche, weil sie die wachsame Aufmerksamkeit der alten Augen nicht ertrug. Sie fühlte sich wie eine Maus, die von einer Eule beobachtet wird, von einem Uhu, der im Geäst hockt.

Wenn Arne nach Hause kam, dann thronte die Alte zwischen ihnen wie eine Keuschheitsgöttin aus Hartholz. Sie saßen schweigend vor dem Kanonenofen. Arne spielte mit seinen ungehobelten Händen, stocherte im Feuer oder starrte hinaus auf das Meer. Ulla strickte Rollkragenpullover und Socken. Sie streichelten die Katze und gingen früh zu Bett, obwohl es im Schlafzimmer eiskalt war. Und der Winter ist lang in Schweden.

Arne und Ulla sprachen nur selten miteinander. Es gab auch nicht viel zu sagen. Bei der Arbeit im Fischhafen ereignete sich nichts Erzählenswertes und im Haushalt erst recht nicht. Sie lasen keine Bücher, kannten kein Fernsehen und gingen nicht aus.

Arne hatte Ulla im Folketspark kennengelernt. Sie hatten miteinander getanzt, eng, wie es sich gehörte. Sie hatten nicht miteinander gesprochen, worüber auch, sie kannten sich ja nicht. Er hatte sie um den letzten Tanz gebeten, und das verpflichtet einen Jungen, sein Mädchen nach Hause zu bringen. Hinter der Mühle hatten sie Ziegelsteine in den Bach geworfen. Am darauffolgenden Wochenende waren sie mit Onkel Olafs Boot hinausgefahren in die Schären, hatten die Wildgänse belauscht und um die Wette geangelt. Arne fing zwei Störe. Zum Nachtisch gab es wilde Erdbeeren. Später waren sie im eiskalten Wasser geschwommen, hatten nackt in der Sonne gelegen, sich gegenseitig ohne Scham betrachtet und geliebt. Die Wildgänse hatten geschrien, und der Ginster hatte geduftet wie in noch keinem Jahr.

So hatte es begonnen. Zwei Jahre später hatten sie geheiratet. Es war eine große Hochzeit gewesen. Ganz Karlsham hatte mitgefeiert. Drei Tage und drei Nächte hatten sie getanzt und gezecht, getäfelt und gelacht. Viele Gäste hatten sie gehabt, Freunde und Fremde. Jeder war willkommen. Es war ein tolles Fest gewesen.

Es hatte so glücklich begonnen und war nun schon fast vorbei. Ulla war zurzeit so gereizt wie eine angeschossene Löwin. Tagsüber war sie von ätzender Verachtung, und nachts heulte sie vor Verzweiflung und Zorn. Arne kam immer später nach Hause und roch dann nach Schnaps und Fisch, denn er betrank sich in den Räucherschuppen im Hafen. Kneipen gab es bei den strengen Alkoholgesetzen nicht.

Dass das unvermeidliche Gewitter ihres Hasses sich nicht längst entladen hatte, lag einzig und allein an Tante Greta. Denn so wie sie sich vor der alten Dame ihrer Zärtlichkeit schämten, so schämten sie sich auch ihres

Hasses. Sie fraßen den Zorn in sich hinein, wo er sich staute und staute, bis er die Dämme brechen würde. Der Tag der Katastrophe schien nicht mehr allzu fern zu sein.

In einer regnerischen Nacht – der Wind wehte vom Land und war schneidend kalt – nahm Ulla ihren Mantel und ging hinunter zum Hafen. Arne war letzte Nacht nicht nach Hause gekommen. Es war kurz vor Mitternacht. Er würde auch heute nicht mehr kommen. Sie lief die Straße hinab zum Meer. Als sie zu den Räucherbuden kam, begann es zu regnen. Die Tür der ersten Baracke war verschlossen. Sie versuchte es bei der nächsten. Ein warmer Geruch von geräuchertem Fisch schlug ihr entgegen. Sie brauchte ein paar Herzschläge, um ihre Augen an das Dunkel zu gewöhnen. In der Mitte des Raumes schwelte ein Räucherofen. Er warf kleine rote Lichtkringel an die Decke, unter der die Fische im Rauch hingen wie das Laub an einem weitausladenden Baum. Am Feuer kauerte eine Gestalt. Als sie näher kam, erkannte sie Arne. Er lehnte mit dem Rücken an einem der Holzpfosten, die das Dach trugen. In seiner Rechten schimmerte eine geöffnete Rumflasche. Es roch nach Schnaps, nach Holzkohle und Fisch.

Er schien nicht erstaunt, dass sie gekommen war. Er sah sie an, als hätte er sie erwartet. Es war still. Nur das Feuer knisterte. Dann sagte Ulla: »Du bist ein Säufer, ein widerlicher alter Säufer.«

Arne antwortete nicht. Er war blass und unrasiert. »Willst du jetzt immer hier hocken? Wenn du meinetwegen nicht nach Hause kommst, so ist das ab heute vorbei. Ich gehe noch heut Nacht.«

Sie drehte ihm den Rücken zu und ging. Es war das Ende. Als sie die Tür erreicht hatte, sagte er: »Vergiss deine Tante nicht.«

Sie blieb stehen und drehte sich langsam um. »Wieso meinte Tante? Willst du sie mir schenken?«

»Ich will sie dir nicht schenken, du kannst sie behalten. Ich bin weiß Gott nicht scharf auf die alte Eule.«

»Du hast sie mitgebracht«, sagte Ulla, »und du wirst sie auch wieder mitnehmen.«

»Sie ist deine Tante«, sagte Arne. »Schaff sie mir vom Leib.«

Ulla kam zurück zum Feuer: »Bist du so betrunken, dass du nicht mehr weißt, was du sprichst?«

»Ich bin nicht betrunken. Ich weiß, was ich sage.«

»Ist Tante Greta deine Tante oder nicht?«, fragte sie.

»Nein«, sagte er, »sie ist deine Tante, und du weißt es ganz genau.«

Ulla sah ihn erstaunt an. Er schien wirklich nicht so betrunken, dass er nicht mehr wusste, was er sagte.

Zwei Wochen später gingen Arne und Ulla zu einer Bauernhochzeit in ein Nachbardorf. Sie nahmen Tante Greta mit. Als alle Gäste gegangen waren, blieb Tante Greta mit dem jungen Paar allein zurück, so wie sie es bei Arne und Ulla getan hatte. Dort lebt sie noch heute, sie glaubt als seine Tante, er glaubt als ihre. Wenn die beiden nicht darüber sprechen – und das ist in Schweden wirklich nicht zu erwarten –, so wird sie dort eines Tages sanft entschlafen, die gute alte Tante Greta.

Es lebe die Gerechtigkeit!

Als der Gouverneur Alphonso Sanchos Ferreira am Tag der Heiligen Theresa den Schlafzimmerbalkon seiner Sommerresidenz betritt, um wie jeden Morgen die Tauben zu füttern, zerreißt ihm ein Bleimantelgeschoss die Brust. Obwohl er auf der Stelle tot ist, steht er für einige Sekunden starr und unbeweglich wie ein Baum, durch dessen Stamm die Säge gefahren ist. Dann stürzt sein schwerer Leib auf die noch taufeuchten Marmorplatten der Veranda. Erschreckt fliegen die Tauben davon.

Am Abend des gleichen Tages befinden sich fünf Verdächtige in Untersuchungshaft. Man hat sie in der Nähe des Tatortes verhaftet. Sie haben kein glaubhaftes Alibi.

Die Festung steht auf steiniger Anhöhe über dem Hafen. Ihre Zinnen spiegeln sich im schmutzigen Wasser. Ein paar verrostete Kanonen zeigen zornig zum Horizont. Eine verblichene Fahne pendelt kraftlos im Wind. Die Zellen für die Gefangenen liegen unter der Erde. Boden und Wände sind aus gewachsenem Fels. Keine ist größer als fünf Quadratmeter. Spärliches Licht sickert durch ein vergittertes Loch in der Decke. Es ist gerade groß genug, um einen Mann an einem Strick herunterzulassen. Fenster und Türen gibt es nicht. Einmal am Tag werden Brot und Wasser gegen den Kloakeneimer ausgetauscht. Dann quietschen eiserne Scharniere, Schlösser schnappen, Ketten rasseln. Eimer scheppern blechern über Stein. Kurze bellende Befehle. Stiefelschritte.

Danach Schweigen, Leere, gnadenlose Stille. In regelmäßigem Abstand fällt ein Tropfen von der Decke. Dazwischen liegen Ewigkeiten, Abgründe, in denen der Wahnsinn lauert.

Fünf Männer warten in dieser Hölle auf ihren Richter. Vier Schwarze und ein Weißer. Einer von ihnen sei der Attentäter, so behauptet der Polizeichef Amilcar Alamdar, der neue Gouverneur und Herr der Inseln. Er wird den Schuldigen finden. Er hat es geschworen, bei Gott. Nach zehn Tagen Einzelhaft beginnen die Verhöre.

Die Männer werden getrennt vorgeführt. Keiner weiß, dass es noch andere Angeklagte gibt. Geblendet vom ungewohnten Licht, schmutzig, mit steifen schmerzenden Gliedern beschwören sie ihre Unschuld.

»Zigarette?« –

»Wir wissen, dass Sie es waren. Man hat Sie gesehen. Geben Sie es zu. Ein Geständnis wird Ihre Lage verbessern. Unterschreiben Sie, hier. Sie haben aus politischer Überzeugung geschossen. Man wird Sie wie einen Kriegsgefangenen behandeln: Spaziergänge an der frischen Luft, Zigaretten, anständiges Essen, ein Bad. Oder wollen Sie zurück in den Festungskeller? Es liegt bei Ihnen.«

Am schlimmsten sind die Nächte. Die Finsternis der unterirdischen Gewölbe ist total. In völliger Blindheit sind die Gefangenen den Ratten ausgeliefert. Ihre Bisse verursachen eiternde Wunden, die häufig zu Blutvergiftung, Fieber und Tod führen. Es wimmelt von Shangolollos, fingergroßen Tausendfüßlern, die sich aus den Kloakeneimern ernähren und über die Schlafenden kriechen. Wenn man nach ihnen schlägt, verspritzen sie eine übelriechende ätzende Flüssigkeit.

Die Verhöre werden immer schärfer. Im ersten Abschnitt heißt es noch: Verständnis entgegenbringen, an das Ehrgefühl appellieren, Hafterleichterung anbieten, Hoffnungen wecken. Allmählich ändert sich die Taktik.

Der Gefangene wird gedemütigt bis zum Selbstekel. Vor dem Verhör werden harntreibende Medikamente in das Trinkwasser gemischt.

»Was, Sie müssen schon wieder? Sie waren doch gerade erst. Lassen Sie das Theater. Suchen Sie keine Ausflüchte. Beantworten Sie meine Frage!«

Der Gefangene spürt, wie ihm der warme Urin an den Beinen herunterläuft. Auf dem Boden bildet sich eine übelriechende Pfütze.

»Du Schwein, du dreckiges!«

Es hagelt Ohrfeigen.

»Dir Sau werden wir es zeigen. Los, wisch das weg! Nimm deine Jacke als Scheuerlappen.«

Ein Fenster wird geöffnet. Mit nassen Hosen klebt der Beschimpfte an seinem Stuhl. Der Harn juckt auf der Haut. Zur Strafe für sein widerwärtiges Verhalten bekommt er kein Wasser mehr. Der Durst lähmt die Zunge.

»Sprich lauter, du Bettnässer!«

Auf Drohung und Demütigung folgt die Folter. Die Perfidität ist perfekt, die Qual unbeschreiblich. Im Abstand von nur wenigen Stunden sterben zwei der Angeklagten. Ein Junge rennt sich an seiner Zellenwand den

Schädel ein. Der zweite stirbt vor Angst. Herzversagen, steht auf dem Totenschein. Ein anderer öffnet sich die Adern. Die Flucht in den Tod misslingt. Sie holen ihn zurück. Später gesteht er die Tat. Er beschuldigt seine Mitgefangenen der Beihilfe. Er ist in der Verfassung, in der man alles unterschreibt. Zwei Tage später erhängt er sich auf der Toilette zwischen zwei Verhören.

Der Herr der Inseln sitzt hinter seinem Schreibtisch, vor ihm steht der Chef der Geheimen Staatspolizei. »Von fünf Verdächtigen haben drei die Verhöre nicht überlebt. Ich will keine Ermordeten. Ich will einen Mörder. Ich will keine Hinrichtungen, sondern ein Geständnis. Ist das klar?«

Der Gouverneur spricht mit gefährlich sanfter Stimme. Esel schreien. Leoparden töten schweigend.

Antero Andrade, Chef der Geheimen Staatspolizei, mit dem Beinamen »Hammerhai«, spürt die drohende Gefahr.

Sie zielt wie ein entsicherter Gewehrlauf auf seinen Magen. Er fühlt sich wie eine Ratte in der Falle.

»Ich habe verstanden«, sagt er.

Im Halbschatten der Olivenbäume leuchtet die weiße Sommeruniform des Gouverneurs neben dem schwarzen Habit des Bischofs wie Meerschaum auf vulkanischer Asche. Ihre Schritte knirschen im Kies. Der Herr der Inseln spielt mit der Reitpeitsche:

»Glauben Sie an die Allmacht Gottes?«

»Wie bitte?« Der weißhaarige Oberhirte glaubt nicht recht verstanden zu haben.

»Glauben Sie daran?«

»Natürlich. Welche Frage! Wie können Sie zweifeln?«

»Seit zweiunddreißig Tagen suche ich einen Mörder, seit zweiunddreißig Tagen. Ich habe an Ferreiras offenem Grab geschworen, ihn zu finden.«

»Ich denke, Sie haben ihn.«

»Ich habe Verdächtige. Was mir fehlt, ist ein Geständnis. Einer von ihnen ist es. Ich weiß es. Aber welcher? Welcher?«

»Mit Gottes Hilfe werden Sie ihn finden.«

»Ja, mit Gottes Hilfe«, sagt der Gouverneur, und er sagt es so, dass der Geistliche erschrocken stehen bleibt: »Was haben Sie vor?«

»Ein Gottesurteil. Jeder Gefangene hat die Wahl zwischen zwei Losen. Zieht er den Zettel mit dem Totenkopf, so ist er des Todes. Ist sein Blatt leer, so ist er frei. Gott soll entscheiden. Er wird uns den Mörder zeigen. Oder zweifeln Sie an der Gerechtigkeit Gottes? Zweifeln Sie daran?«

»Nein, aber … aber das ist doch …«

»Ja oder nein? Hier gibt es kein Aber.«

Auf dem massigen Schreibtisch mit geschnitzten Löwenfüßen steht eine schmucklose Tonvase. Sie ist leer bis auf zwei zusammengefaltete Zettel.

Vier Männer sind im Arbeitszimmer des Gouverneurs, vier Männer und Gott als Richter. Nur er kennt den Mörder. Er kann ihre Gedanken lesen.

Der Gouverneur reißt ein Streichholz an. Er ist nervös. Durch den Rauch seiner Havanna beobachtet er den Angeklagten. Er denkt: ›Der Gringo ist gefährlich. Folter und Verhöre haben ihn nicht kleingekriegt. Er hat mit kalter Verachtung gelitten. Wenn er Ferreira erschossen hat, so sind seine Nerven aus Stahl. Ist er unschuldig, so hasst er mich für das, was ich ihm angetan habe. Sein Hass ist gefährlich, denn Männer wie er verzeihen nicht. Er muss sterben, und er wird sterben, denn beide Lose tragen einen Totenkopf. Er hat keine Wahl. Er ist bereits tot, und ich bin der Einzige, der das weiß, denn ich habe die beiden Todeslose in die Vase gelegt. Seine Hinrichtung kann kein Gott mehr verhindern.‹

Der Chef der Geheimpolizei schaut aus dem Fenster. Denken ist nicht seine Stärke. Er ist ein Mann der Tat.

Der Bischof beobachtet den Gouverneur. Als Beichtvater kennt er seine Schafe. Er denkt: ›Du tötest einen Menschen, dessen Schuld nicht erwiesen ist. Du vernichtest ihn mit falschem Los und nennst das ein Gottesurteil. Du machst Gott zum Mörder. Das ist die fürchterlichste Todsünde, von der ich je gehört habe. Die ewige Verdammnis wäre dir gewiss, wenn ich dich nicht vor diesem Frevel bewahrt hätte. Ich habe die Lose in der Vase gesehen und vertauscht. Beide Zettel sind leer. Der Mann ist bereits frei. Seine Entlassung kann selbst Gott nicht mehr verhindern. Was immer er ziehen mag, er zieht die Freiheit.‹

Herr vergib uns unsere Schuld.

Dem Gringo haben sie die Handschellen abgenommen.

Er macht einen gelassenen Eindruck, so als sei er bloß Zuschauer und nicht Hauptdarsteller. Trotzdem ist er hellwach. Seinen Augen entgeht nichts. Er ahnt, was gespielt wird. Sie können ihn nicht einfach laufenlassen. In der Tonvase warten zwei Todesurteile.

Antero Andrade verliest den Beschluss des Gouverneurs auf portugiesisch. Der Gringo versteht nur Wortfetzen: Bei meiner Ehre … in Gotteshand … frei sein …

Man fordert ihn auf, ein Los zu ziehen.

Er greift in den Topf. Es ist totenstill im Raum.

Ohne zu zögern, holt er einen Zettel hervor.

Der Gouverneur streckt ihm die geöffnete Hand entgegen. Ihre Blicke begegnen sich, halten einander fest.

Na, mach schon, sagen die Augen des Henkers, leg deinen Kopf auf den Klotz! Das Spiel ist aus.

Plötzlich steckt der Verurteilte den ungeöffneten Zettel in den Mund und verschluckt ihn. Totenstille!

Der Gouverneur findet als erster Worte:

»Sind Sie wahnsinnig?«, faucht er. »Abführen!«

»Halt«, sagt der Gringo, »wenn ich das Todeslos verschluckt habe, so ist das Papier in der Vase leer. Wenn aber auf dem Los in der Vase ein Totenkopf ist – und das ist es bestimmt, denkt er –, so habe ich die Freiheit gewählt. Wenn wir das andere öffnen, so wissen wir, was ich gezogen habe.«

»Nein«, sagt der Gouverneur, der als erster die Lage erfasst. Dem Gringo ist das Unmögliche gelungen. Er hat aus zwei Todeslosen die Freiheit gewählt.

Blitzschnell greift der Angeklagte zum Tontopf, um seinen Freispruch zu demonstrieren. Die Vase kippt, fällt und zerschellt auf dem Boden. Ohne zu zögern, hebt er das Los auf. Wieder begegnen sich ihre Blicke. In den Augen des Gouverneurs blitzt der Zorn des Verlierers. Triumphierend öffnet der Gringo das Papier. Das Blatt ist leer. Leer!

»Er hat den Totenkopf verschluckt«, sagt Antero, der neben ihm steht. »Er ist schuldig.«

»Unglaublich«, stammelt der Bischof. »Es ist unglaublich. Er hat aus zwei Freilosen den Tod gezogen.«

Der Gringo wird noch am gleichen Tag hingerichtet. Als man ihm die Augenbinde umlegt, sagt er: »Ich habe Ferreira erschossen.«

Er stirbt mit dem Ruf: »Es lebe die Freiheit!«

»Herr, verzeih uns«, betet der Bischof, »dass wir an deiner Allmacht gezweifelt haben. Es lebe die Gerechtigkeit!«

Telefonseelsorge

In jeder größeren Stadt gibt es heutzutage eine Telefonseelsorge. Sicher eine gute Einrichtung, aber wer von uns will schon mit einem Pfarrer sprechen, wenn er Probleme hat, richtige Probleme. Bibelsprüche, wem helfen die?

Aus dieser Erkenntnis heraus haben wir einen privaten Notdienst gegründet. Vielleicht finden Sie meine Telefonnummer auch in Ihrer Tageszeitung:

S. O. S.-Telefon-Fürsorge
Sie brauchen einen Menschen?
Rufen Sie uns an: 111011

Wir arbeiten ehrenamtlich rund um die Uhr.

Sie werden jetzt vielleicht fragen, warum geht eine junge Frau wie ich, die tagsüber einen anstrengenden Beruf ausübt, freiwillig und ohne Bezahlung zur Telefonfürsorge? Die meisten von uns sind selber durch die Hölle gegangen, so wie meine Freundin Brigitte, die ich gerade abgelöst habe. Ihr Sohn ist an Blutkrebs gestorben. Auch ich habe meine Gründe. Ich habe zwei Selbstmordversuche hinter mir. Ich habe meinen Mann verloren. Boris war der einzige Mensch, den ich je geliebt habe. Ich bin im Waisenhaus groß geworden. Liebe war für mich nur ein Wort, bis ich ihm begegnet bin. Noch heute, nach drei Jahren, meine ich manchmal, dass ich das alles nur geträumt habe. Es war zu schön, um wahr zu sein.

Das Telefon schellt. Eine Männerstimme. Abgehackte Satzfetzen: »Sie hat mich verlassen. Sie hat unser Baby mitgenommen. Ich kann ohne sie nicht leben. Ich habe den Gasherd aufgedreht. Alles ist aus. Ich will nicht mehr leben. Ich habe Angst vorm Sterben. Bitte bleiben Sie am Apparat, bis alles vorbei ist. Ich brauche einen Menschen, mit dem ich sprechen kann.«

Aus Erfahrung weiß ich, die meisten Anrufer sind einsam und verzweifelt, aber sie befinden sich nicht in Lebensgefahr. Sie suchen einen Strohhalm, an den sie sich klammern können. Sie drohen damit, sich umzubringen, um ihrem Anruf Gewicht zu verleihen, damit man ihnen zuhört.

»Erzählen Sie mir von Ihrer Frau. Haben Sie schon öfter Streit mit ihr gehabt? Übrigens, ich heiße Susanne. Wenn Sie wollen, können Sie mich Susi nennen. Wie heißen Sie?«

»Christian.«

»Warum sind Sie so sicher, Christian, dass Ihre Frau nicht zu Ihnen zurückkehren wird? Hat sie Sie schon früher verlassen? Vielleicht ist sie nur zu ihrer Mutter gefahren. Viele Ehefrauen tun das nach einem Streit.«

»Aber nicht Elli. Sie hat keine Mutter mehr. Sie hat überhaupt keinen Menschen, zu dem sie gehen könnte. Sie hat mir immer gedroht: ›Wenn du mich jemals betrügst, so verlasse ich dich.‹«

47

»Haben Sie sie betrogen?«

»Ja – ich meine nicht wirklich. Ich habe mit einem Mädchen geschlafen, einer Sekretärin in meiner Firma. Nur so, nichts Ernstes. Ich weiß nicht, warum ich Ihnen das alles erzähle. Sie haben sicher Wichtigeres zu tun. Ich glaube, ich lege besser auf.«

»Nein. Bleiben Sie! Ich habe Zeit. Es ist im Augenblick ziemlich ruhig hier. Erzählen Sie mir von Ihrer Frau oder von Ihrem Baby. Wie alt ist es? Ist es ein Junge oder ein Mädchen?« Selbstmordkandidaten darf man nicht aus dem Griff lassen, wenn man einmal ihre Aufmerksamkeit gewonnen hat. Man muss pausenlos mit ihnen reden, damit sie nicht auf dumme Gedanken kommen.

»Es ist ein Junge. Elf Monate.«

»Sieht er seiner Mutter ähnlich oder Ihnen? Beschreiben Sie ihn mir.«

»Ich kann nicht. Meine Augen tränen. Ich sehe alles ganz verschwommen. Mir ist ganz schwindlig. Ich glaube, es dauert nicht mehr lange. Was haben Sie gesagt, Susi?«

»Erzählen Sie mir von Ihrem Baby.«

»Ich kann nicht.« Er schluchzt.

»Christian, Sie sollten sich das Ganze noch einmal überlegen. Ihr Sohn braucht Sie, und ich bin sicher, Ihre Frau auch. Wenn Sie ein paar Tage abwarten, werden Sie sehen, dass ich recht habe. Sie wird zu Ihnen zurückkehren. Sie sagen selber, sie hat keinen Menschen außer Ihnen. Sie kommt zurück. Wollen wir wetten? Christian, Sie machen einen großen Fehler.«

Schweigen.

»Ich habe Ihnen nicht alles erzählt. Wir hatten Streit. Ich habe sie geschlagen. Ich war so wütend, dass ich nicht mehr wusste, was ich tat. Ich habe sie verprügelt.« Es kracht in der Leitung.

Der Hörer ist ihm aus der Hand gefallen. Ist er ohnmächtig geworden?

»Christian, sind Sie noch da? Können Sie mich hören?«

»Ja, ich höre Sie.«

Er lallt. Seine Worte sind kaum zu verstehen. »Da war jemand an der Tür. Wahrscheinlich meine Nachbarin. Sie wird wohl das Gas gerochen haben. Bestimmt ruft sie jetzt die Polizei, oder sie holt Hilfe aus dem Haus. Ich habe nicht mehr viel Zeit. Ich muss mich beeilen …«

Es klickt in der Leitung.

»Hallo. Christian! Hallo! …«

Er hat aufgehängt. Vielleicht ist er tot? Vielleicht haben sie seine Tür aufgebrochen und ihn überwältigt. Vielleicht hat sein Lebenswille gesiegt, und er ist mit letzter Kraft zum Fenster getaumelt. Die meisten Selbstmörder suchen nicht wirklich den Tod, sondern einen Ausweg aus ihrer Not. Selbst die, die ins Wasser gehen, schwimmen bis zuletzt.

Das Telefon schellt: »Susi, ich habe den Haupthahn zugedreht. Mir ist so übel. Alles dreht sich im Kreis. Ich bin wie betrunken. Wo ist das Fenster? Ich brauche Luft. Mir ist so schlecht.«

»Ruhig, Christian, bleiben Sie ruhig! Versuchen Sie einen klaren Kopf zu behalten. Rauchen Sie?«

»Ja.«

»Dann stecken Sie sich erst einmal eine Zigarette an.«

49

»Gute Idee.«

Ich warte auf die Explosion. Dann lege ich auf. Fast wäre er lebend davongekommen. Ich denke an Boris. Auch er hat mich mit einer Jüngeren betrogen, geschlagen und verlassen, so wie dieser Christian. Männer. Ich hasse sie alle. Die Telefonfürsorge ist eine gute Bastion, um dieses Ungeziefer auszurotten. Sie müssen mich jetzt entschuldigen. Das Telefon schellt schon wieder.

Der Posträuber

Ich saß im Bummelzug Rom – Florenz, allein in einem Zugabteil, und betrachtete die vorüberziehende Landschaft. Zypressen eilten die Straßen entlang, verfolgten den Zug wie Staffettenläufer. Bauern bei der Feldarbeit winkten. Ich wollte zurückwinken, aber da war das Bild im Fensterrahmen schon fortgewischt.

Häuser tauchten auf, eine Bahnschranke. Schwerfällig hielt der Zug auf einer kleinen Bahnstation.

Ein alter Herr stieg zu mir ins Abteil: »*Buon giorno.*« Er setzte sich mir gegenüber ans Fenster. Seine Augen musterten mich eingehend.

»Hat Ihnen Rom gefallen?«, fragte er.

»Ja, sehr«, sagte ich.

»Sie interessieren sich für unsere große Vergangenheit?« Und ohne meine Antwort abzuwarten, fuhr er fort: »Ich interessiere mich mehr für die Zukunft.«

»Wo begegnet man im alten Rom der Zukunft?«, fragte ich.

Er antwortete: »Auf dem Friedhof. Unser aller Zukunft liegt auf dem Friedhof.«

Wir betrachteten einander. Er trug einen Verdibart, der stellenweise bereits ergraut war. Seine Augen blitzten spöttisch. In ihnen glimmte jener schlagfertige schwarze Humor, der schon den Römern der Antike eigen war.

Sein alter Anzug war an den Ellbogen und Knien blank gewetzt. Scharf gebügelte Hosenfalten fielen auf blank geputzte altmodische Schnürschuhe.

»Sie sind Deutscher?«

Ich nickte.

»Werden Sie wiederkommen?«

»Ja, im Winter«, sagte ich.

»Im Winter?«, fragte er ungläubig. »Das sollten Sie nicht tun. Der römische Winter ist zwar nur kurz, aber er ist kälter als irgendwo sonst auf der Erde, denn die Häuser haben keine Schornsteine. Nero war der Einzige, der wusste, wie man in dieser verdammten Stadt ein Feuer machte.«

Er klopfte auf seine Tageszeitung: »Haben Sie von der wilden Feuerei in der Via Veneto gehört?« Er blickte mich fragend an: »Gestern Nachmittag, am helllichten Tag, ein Raubüberfall auf das Postamt. Ein Gangster hat zwei Postbeamte erschossen. Er entkam mit drei Millionen Lire. Drei Millionen Lire! Dafür kann er sich nicht einmal ein Auto kaufen. Und dafür erschießt dieser Idiot zwei Menschen. Was sind das nur für Zeiten! Oh diese Mafia!«

»Sie meinen, es war die Mafia?«

»Natürlich, wer denn sonst.«

»Erzählen Sie mir von der italienischen Mafia.«

»Die Mafia ist nicht italienisch. Sie ist sizilianisch, amerikanisch, unmenschlich. Wir Italiener sind ein gewaltloses Volk. Selbst unsere wildesten Räuber waren Ehrenmänner, die nur zur Waffe griffen, wenn man ihnen keine andere Wahl ließ. Wir haben nicht nur die schönen Künste, die Oper, die Architektur zur höchsten Sublimation gesteigert, sondern auch das Verbrechen. Welch anderes Land hat so erlauchte Schurken aufzuweisen wie wir? Casanova, Cagliostro, Cesare Borgia. Nirgendwo auf der Welt finden Sie so geschickte Falschmünzer, Autoknacker und Taschendiebe wie hier, schöpferisch und geschickt. Ein Italiener tötet nur aus Leidenschaft, Eifersucht und Ehre, *vendetta* und *amore*. Raubmord ist eine Erfindung der amerikanischen Mafia. Ein Mensch, der aus Habgier mordet, handelt genauso hirnlos wie jemand, der eine Konzertgeige verheizt, um sich ein Gemüsesüppchen zu kochen. Der Gewinn steht in keinem Verhältnis zum angerichteten Schaden. Es ist nicht so wichtig, was einer verbrochen hat, als vielmehr, wie er es angestellt hat. Einer, der einbricht, ist ein übler Krimineller. Einer, der Herzen bricht, um sich zu bereichern, ist ein Heiratsschwindler, und wer von uns hätte nicht schon einmal ein bisschen geschwindelt? ›Geschwindelt ist noch nicht gelogen‹, sagt der Volksmund. Und er hat recht. Aber zwei Tote für drei Millionen Lire! *Mamma mia, che brutto!* Das ist stark. Das haben wir zu meiner Zeit ganz anders gemacht. Ich habe auch einmal ein Postamt um eine Million erleichtert. Damals war diese Million dreimal so viel wert wie heute. Und die Post hat es nicht einmal gemerkt, dass ich sie beraubt habe. Sie haben mir mein Geld rechtmäßig ausgezahlt.«

Ich bot ihm eine Zigarre an, und er erzählte mir die folgende Gaunergeschichte:

»Schon als Schüler verfügte ich über außergewöhnliche Kombinationsfähigkeiten, für die es aber leider keine Zeugnisnoten gab, was eigentlich schade ist, weil ich sonst sehr wahrscheinlich Jurisprudenz studiert hätte. Die Mathematik interessierte mich nicht. Aber ich konnte schon bald besser rechnen als mein Lehrer. Während er in den Sommerferien Nachhilfestunden gab, um sich eine Radtour leisten zu können, ließ ich mir meine kleinen Weltreisen von verschiedenen Versicherungsgesellschaften finanzieren.«

»Von Versicherungsgesellschaften?«, fragte ich ungläubig.

»Nichts ist leichter als das. Sie müssen nur richtig kombinieren. Jedes Kind kann das. Wenn Sie jetzt allerdings an Urkundenfälschung oder Brandstiftung denken, so haben Sie schon verloren. Fälschungen lassen sich leicht nachweisen. Brandstiftungen nicht immer, aber sie haben einen erheblichen Nachteil: Man muss erst einmal Immobilien besitzen, damit man sie anzünden kann. Ich besaß nichts außer meinem Verstand. Also ließ ich mir etwas einfallen.

Ich suchte mir aus dem Telefonbuch die Anschrift eines Fachgeschäftes für Münzensammler heraus. Dann setzte ich mich hin und schrieb ihnen einen Brief. Ich teilte ihnen mit, dass ich auf dem Dachboden zwischen dem Nachlass meines Großvaters eine alte florentiner Goldmünze, einen Florin, gefunden hätte. Ich bat um ihr fachmännisches Urteil. Falls sie interessiert seien, sollten sie mir ein Angebot machen. Diesen Brief steckte ich in ein Pappetui nicht größer als eine dicke Zigarettenschachtel. Das Minipäckchen gab ich gut verschnürt und versiegelt beim nächsten Postamt als Wertbrief auf. Inhalt: 1 antike Goldmünze. Wert: 1 Million Lire. Gewicht: 35 Gramm.

Wie erwartet bekam ich drei Wochen später amtlichen Bescheid von der Oberpostdirektion, dass mein eingeschriebener Wertbrief auf dem Transport bedauerlicherweise verlustig gegangen sei. Die Schadensfeststellung läge der Versicherung zur Bearbeitung vor. Zwei Monate später saß ich auf dem Lido in Venedig, ließ mir den eisgekühlten Campari schmecken, flirtete mit den deutschen Urlauberinnen und plante ganz nebenbei die Finanzierung meines nächsten Urlaubs.«

»Und wie haben Sie es angestellt?«, fragte ich.

Er lächelte spitzbübisch: »Ihr Deutschen seid so stolz auf eure Tüchtigkeit, auf eure Erfindungen. Lassen Sie sich was einfallen. Die Aufgabe lautet: Wie kann man aus einem versiegelten Wertpaket eine Goldmünze verschwinden lassen?«

»Ja, hatten Sie denn wirklich eine Goldmünze?«

»Nein, natürlich nicht.«

»Na, dann brauchen Sie sie doch gar nicht verschwinden zu lassen.«

»Ach, Sie meinen, ich hätte den Wertbrief ganz einfach ohne die Münze verschicken sollen. Und weiter? Der Münzhändler muss dem Briefträger quittieren, dass er das Einschreibpäckchen unversehrt entgegengenommen hat. Wäre es aber heil und leer, so ist offenkundig, dass sich in dem Päckchen niemals eine Goldmünze befunden hat. Also hätte ich keine Ansprüche geltend machen können. Nein, nein, ich musste den Nachweis erbringen, dass die Münze während des Transportes in der Obhut der Post verloren gegangen war.«

»Sie hatten einen Komplizen bei der Post, der das Päckchen verschwinden ließ.«

»Einen Beamten, meinen Sie? Auf den würde der Verdacht zuallererst fallen«, sagte der Alte. »Kein Postbeamter tut so etwas. Es lohnt sich nicht. Das Risiko ist zu groß, und die Kontrolle ist zu scharf. Er muss alle eingeschriebenen Teile, die er annimmt, unterschriftlich beglaubigen. Aber sie liegen nicht ganz verkehrt. Ich hatte einen Komplizen: eine Maus.«

»Eine Maus?«

»Ja, mein erster Komplize war eine Maus. Mäuse sind ideale Partner um ›Mäuse zu machen‹. Sie sind klein und unscheinbar, kommen überall rein und raus, und vor allem: Sie reden nicht.« Er zog an der Zigarre, blickte den Rauchkringeln hinterher und lobte: »Ein edles Kraut.«

»Und weiter?«, fragte ich.

»Was weiter?«

»Wie geht Ihre Geschichte mit der Maus weiter?«

»Wissen Sie es immer noch nicht? Der Trick ist ganz einfach. Man steckt statt der Münze eine Maus in das versiegelte Päckchen. Niemand vermag später festzustellen, ob sich die Kleine von drinnen nach draußen oder von draußen nach drinnen gefressen hat. Ihr Wertpaket bekommt während des Transportes ein Loch. Der Inhalt fehlt, und Sie sind schadensersatzberechtigt. Aber seien Sie vorsichtig. Es ist kein Zufall, dass ich eine Münze genommen habe, denn Münzen sind rund und flach. Es ist glaubwürdig, dass sie herausrollen und unauffindbar verschwinden können. Vor allem aber sollten Sie nicht vergessen, dass Wertpäckchen sehr genau gewogen werden. Eine Maus ist ungefähr so schwer wie eine Goldmünze. Das ist wichtig, wenn die Detektive der Versicherungsgesellschaft den Gewichtsverlust nachprüfen sollten. Mäuse haben die unangenehme Angewohnheit alles anzuknabbern, was sich ihnen in den Weg stellt. Mein kleiner Partner wird nach seiner Befreiung noch etliche andere Pakete angenagt haben, wodurch er jeden Verdacht – falls es den überhaupt gab – gleichmäßig auf eine Vielzahl von Wertpaketabsendern verteilte. Niemand kam auf die Idee, dass die kleine Maus einen Partner hatte.«

Der Zug hielt im nächsten Dorf.

»Ich könnte Ihnen noch ganz andere Geschichten erzählen«, sagte der Alte. »Aber leider bin ich bereits am Ziel. Behalten Sie den Trick mit der Maus für sich. Er ist gut und funktioniert immer. *Arrivederci.*«

Er gab mir die Hand und stieg aus.

Später stellte ich fest, dass meine Brieftasche fehlte. Der Trick mit der Maus war ein Trick gewesen, um an meine Mäuse zu kommen. Der Alte war noch besser, als ich gedacht hätte.

Gift bekämpft man
mit Gegengift

Die alte Dame erwacht von ohrenbetäubendem Lärm. Wer schießt denn da? Ist das etwa ein Erdbeben? Ihre Zähne auf dem Nachttisch vibrieren gegen das Glas, in dem sie schwimmen, so als hätten sie den Schüttelfrost. »Santa Maria della Grazia, ist denn die Welt völlig verrückt geworden?« Die alte Dame wälzt sich aus ihrem Bett, greift nach ihrem Krückstock und hinkt zum geöffneten Fenster. Mitten auf der Via Capuletti steht ein Mann mit einem massigen Mussolinischädel und bohrt seinen Pressluftbohrer in den Asphalt.

»Ruhe!«, schreit die alte Dame. Der Unmensch hört sie nicht. Sie schließt das Fenster. Der Lärm bleibt.

»Männer«, stöhnt sie, »typisch Männer! Es muss etwas geschehen. Sofort! Ich muss auf die Straße gehen und mit dem Mann sprechen. Das lasse ich mir nicht gefallen!« Aber sie weiß aus der Erfahrung eines langen Lebens, dass das keinen Zweck hat. Der Bursche erfüllt seine Aufgabe unerbittlich und seelenlos wie eine Säge im Wald. Wie kann man mit einem Menschen, der einen Pressluftbohrer bedient, über Lärm sprechen?

Buzzi, der sonst um diese Zeit stets fröhlich zwitschernde Wellensittich, kauert verängstigt in seinem Käfig. Er zittert bis in die Schwanzspitze. Auch er leidet.

»Wir müssen etwas unternehmen«, sagt die alte Dame, die die Angewohnheit hat, laut mit sich zu sprechen, wenn sie allein ist. Sie hinkt in die Küche, um sich einen Tee aufzugießen. Beim Tee hat sie stets die besten Einfälle. Die Tassen scheppern im Schrank, als fahre ein Güterzug durch die Wohnung. Sie schaut auf den Stundenplan an der Wand. »Die erste Klavierstunde beginnt um zehn Uhr. Wie soll ich bei diesem Lärm Klavierunterricht erteilen? Wie lange dieser Kerl da draußen wohl noch wütet? Vielleicht geht das den ganzen Tag so? Oder sogar mehrere? Ich brauche das Geld dringend, um die Miete bezahlen zu können.«

Sie presst die Hände auf die Ohren, um klar denken zu können. Die Stille gibt ihr Kraft. »Ich muss mir unbedingt etwas in die Ohren stecken, Watte oder warmes Wachs. Aber was mache ich mit Buzzi? Das Getöse wird ihn töten. Armer Buzzi! Wie friedlich wäre diese Welt, wenn es keine Männer gäbe. Keine Kriege, keine Technik, keine Brutalität und keine Umweltverschmutzungen, von denen die chemische noch die harmloseste ist. Schlimmer sind die moralischen, optischen und akustischen Belästigungen. Am schlimmsten jedoch sind die Männer. Sie sind schuld an allen Problemen, Muskeln ohne Gehirn und Gefühl, Giftmüll der Schöpfung. Wie hat Mutter immer gesagt: Gift bekämpft man mit Gegengift.«

Er sitzt auf einer umgedrehten Holzkiste am Rande der Straße, in der rechten Hand eine volle Bierflasche, in der linken ein belegtes Brötchen. Sein Pressluftbohrer steckt im Asphalt.

»Buon appetito«, sagt die alte Dame.

»Was?«, fragt der Arbeiter. Der Bohrer hat sein Gehör abgestumpft. Er kaut mit offenem Mund und schmatzt.

»Bohren Sie noch lange?«, fragt sie.

»Ein paar Tage.«

»Ein paar Tage? Das wird der Varese niemals zulassen.«

»Welcher Varese?«

»Vittorio Varese, der Schauspieler. Er wohnt über mir. Wenn er seine Rollen lernt, darf ihn niemand stören. Wissen Sie, was er gemacht hat, als ein paar Straßenmusikanten vor unserem Haus spielten? Er hat sich seine Polizeiuniform angezogen und hat sie verhaftet.«

»Seine Polizeiuniform? Ich denke, er ist Schauspieler.«

»Ist er ja auch«, sagte die alte Dame. »Aber er spielt in einem Kriminalstück am Theater einen Carabiniere. Das Stück läuft schon seit drei Monaten. Er ist ein hervorragender Polizist. Er ist mehr Carabiniere als ein richtiger Carabiniere, energisch und draufgängerisch. Ich wünschte, wir hätten Polizeibeamte wie ihn. Wenn er diesen Lärm hier hört, werden Sie ihn kennenlernen. Das lässt er sich nicht gefallen, der nicht.«

»Wir werden ja sehen«, grinst der Arbeiter. Er riecht nach Schweiß. Das schmutzige Unterhemd klebt an seinem feuchten Bauch. »Wir werden ja sehen.« Er spuckt sich in die Hände und geht zu seinem Bohrer.

Ein Hauch von Kölnisch Wasser weht herein.

Der diensthabende Carabiniere des dreizehnten Polizeireviers schaut erstaunt von seiner alten Schreibmaschine auf. Eine freundliche alte Dame mit weißem

Haar wünscht ihm einen guten Tag. Erregt betupft sie sich mit einem Taschentuch die Stirn

»Was kann ich für Sie tun, Signora?«

»Ich komme nur ungern«, sagt sie. »Ich komme wegen Luigi. Er ist kein schlechter Junge. Nein, das ist er wirklich nicht. Aber Sie wissen ja, wie die jungen Leute heute sind.«

»Wer ist Luigi?«

»Luigi ist der Älteste meiner jüngsten Schwester. Er ist mein Patenkind. Ich mache mir Sorgen um ihn. Seitdem er arbeitslos ist, ist er so anders. Er hat nichts als Unsinn im Kopf. Ich glaube, der Junge weiß nicht, wohin mit seiner Kraft. Dauernd diese schrecklichen Schlägereien. Erst vorige Woche hat er einem sizilianischen Kellner das Nasenbein gebrochen.«

»Fühlen Sie sich bedroht?«, fragt der Carabiniere.

»Ich? Aber nein. Zu mir ist er sanft wie eine Taube von der Piazza San Marco. Er liebt mich wie mein Sohn. Deshalb bin ich ja hier. Ich möchte verhindern, dass er sich unglücklich macht, dass er Ärger mit der Polizei bekommt.«

»Plant er eine kriminelle Straftat?«, fragt der Beamte.

»Ja … Ich meine nein. Es handelt sich um einen dummen Streich. Er hat mit seinen Freunden gewettet, dass es ihm gelingen würde, mitten in Rom eine Straße aufzureißen, ohne dass ihn irgendjemand daran hindern würde.«

»Das werden wir schon zu verhindern wissen«, sagt der Carabiniere, »so einfach geht das nicht.«

»Sie kennen Luigi nicht. Er wird seine Wette gewinnen. Er hat bereits mit der Zerstörung der Straße begonnen.

Die Via Capuletti sieht aus wie nach einem Bombenangriff.«

»Die Via Capuletti?«, fragt der Polizist ungläubig. »Das ist mein Revier.«

»Deshalb bin ich ja hier«, sagt die alte Dame.

Der Carabiniere greift hastig nach Koppel und Mütze.

»Bitte reizen Sie ihn nicht. Er ist unberechenbar und stark wie ein Stier. Er ist kräftiger als Sie.«

»Das werden wir ja sehen«, schnaubt der junge Polizist. Dann rennt er auf die Straße.

Um elf Uhr zwanzig erscheint er in der Via Capuletti. »Leg sofort den Bohrer aus der Hand«, schreit er. »Du bist verhaftet. Falls du Widerstand leistest, mache ich von der Waffe Gebrauch. Ist das klar?«

Der Arbeiter schreit zurück: »Verschwinde, du Theaterclown, sonst brech ich dir alle Knochen!«

Mit gezogener Waffe geht der Polizist auf den Arbeiter los. Der lässt ihn bis auf Armeslänge herankommen. Dann gibt er dem Uniformierten eine schallende Ohrfeige. »Steck deine Spielzeugpistole ein, du Pinocchio«, sagt er. »Die Straße ist kein Theater. Und jetzt verpiss dich, sonst mach ich dir Beine.«

»Das ist Widerstand gegen die Staatsgewalt«, schreit der Polizist. »Hände hoch! Du bist verhaftet.«

Der Arbeiter holt zum zweiten Schlag aus. Ein Schuss löst sich. Die Männer stürzen zu Boden.

Als die Ambulanz vorfährt, liegt der Carabiniere mit zerschmetterter Schläfe auf der Straße. Der Arbeiter verblutet auf dem Weg ins Hospital. Eine Kugel hat seine Schlagader zerrissen.

»Ein Fall von unglaublicher Brutalität«, sagt der Kriminalkommissar zu seinem Assistenten. »Mord und Totschlag am hellichten Tag. Die Welt wird immer verrückter.«

Aus dem Haus auf der anderen Straßenseite ertönt Klaviermusik. Im Fenster zwitschert ein Wellensittich.

In der Via Capuletti ist der Frieden wieder eingekehrt.

Der Bienenstich

Als der Strafvollzugsbeamte Fehrbelin morgens um sechs Uhr dreißig die Zelle einhundertundvierzehn aufschloss, saß Leo Kowalzik auf seinem Bett und rauchte. Sein Mitgefangener Martin Maus lag mit dem Gesicht zur Wand unter seiner Wolldecke.

»Auf auf, ihr Schlafmützen!«

Martin Maus rührte sich nicht, weder jetzt noch später, denn er war tot, mausetot. Fehrbelin sagte später aus: »Er lag da so friedlich, als ob er schliefe.«

Erst als sie ihn in der Klinik entkleideten, entdeckten sie die bohnengroße Wunde unter seinem Herzen. Irgendjemand hatte ihn erstochen, mit einer spitzen, mindestens zwanzig Zentimeter langen Waffe.

Wenn von zwei Männern, die in einer Zuchthauszelle leben, einer im Schlaf erstochen wird, so braucht man weiß Gott keinen Meisterdetektiv, um den Mörder zu finden. So sollte man meinen. Aber weit gefehlt. Zwar kam nur Leo Kowalzik als Schlächter infrage, denn keiner außer ihm konnte die Tat begangen haben. Der Tatort war eine verschlossene und bewachte Zuchthauszelle. Das Dumme war nur, dass das Wichtigste fehlte, nämlich die Tatwaffe. Ohne sie konnte Leo Kowalzik den Mord gar nicht begangen haben. Und da sich das Verbrechen in einem geschlossenen Raum ereignet hatte, musste das

Messer vorhanden sein. Ein zwanzig Zentimeter langer Dolch ist keine Stecknadel im Heuhaufen. Der vergitterte Raum hatte keine festeingebaute Toilette. Der Eimer war leer. Wenn der Täter die Waffe aus dem Fenster geschleudert hatte, so musste sie im asphaltierten Gefängnishof liegen. Dort war sie aber nicht. Und es stand fest, dass seit der Tat niemand den Hof betreten hatte. Die Zelle wurde wie ein Puzzlespiel in tausend Einzelteile zerlegt. Vergeblich. Kowalzik wurde geröntgt. Nichts.

Gott sei Dank hatten sie wenigstens die Leiche.

Im gerichtsmedizinischen Labor wurden die Wundränder mit allerfeinsten Mikroskopen untersucht, um die Materialbeschaffenheit der Tatwaffe herauszufinden. Man fand nichts, absolut nichts. Die Waffe schien materielos zu sein wie ein Blitz oder ein Laserstrahl, aber die hätte man sofort an ihren Verbrennungen erkannt.

Zwischen dreiundzwanzig und vierundzwanzig Uhr war der Dolch dem Opfer ins Herz gefahren.

Man rekonstruierte die Stoßrichtung und berechnete die Wucht der Waffenführung in Kilopond pro Quadratzentimeter. Seltsam war, dass der Tote kaum Blut verloren hatte und dass die Richtung des zerstörten Zellgewebes eindeutig nach innen wies. Die Experten kamen zu dem Ergebnis, die Waffe sei zwar hineingestoßen, aber nicht wieder herausgezogen worden. Sie müsste eigentlich noch in der Wunde stecken. Und da war sie natürlich nicht.

Die Verhöre brachten nichts. Der Angeklagte schwieg, schüttelte den Kopf, hob bedauernd die Schultern.

Wenn den Beamten der Kragen platzte, sagte er: »Wenn ihr meint, dass ich es war, so sperrt mich doch ein.«

Leo Kowalzik war seit sieben Jahren hier. Er war ein Lebenslänglicher und hatte sich mit seinem Schicksal abgefunden. Keiner der Gefangenen wusste, was er verbrochen hatte. Er sprach nicht über seine Schuld. Er war ein Eigenbrötler. Sie nannten ihn »Bienenkönig«. Den seltsamen Namen verdankte er seinem ungewöhnlichen Hobby. Er liebte Bienen über alles. Sie waren sein Lebensinhalt. Er unterteilte das Jahr in zwei Hälften. Den sommerlichen Teil nannte er die Bienenzeit. Die kalten Tage aber waren die bienenlose Zeit. Gegenwärtig lebte er am Ende einer bienenlosen Zeit und zählte die Tage bis zur Rückkehr seiner Freunde. Dann würde er wieder Honig aufs Fensterbrett streichen, um seine Lieblinge herbeizulocken. Sie mochten es, wenn er ihnen behutsam das weiche Rückenfell kraulte. Er sprach mit ihnen wie mit seinen Kindern und studierte ihr Verhalten, als könne er von ihnen lernen.

Seine Zelle lag auf der obersten Etage der Anstalt. Wenn er den Arm durch die Gitterstäbe streckte, konnte er mit den Fingerspitzen die Dachrinne berühren. (Auch dort hatte man nach der Tatwaffe gesucht.) Die Bienen liebten den luftigen, regengeschützten Platz. Sie kamen zu Hunderten. Leo Kowalzik hegte sein Revier wie ein Förster. Die hungrigen und verwundeten versorgte er. Die alten und gebrechlichen erlegte er schmerzlos mit einer Nadel. Kein Schlachter und kein Torero kannte die Stelle des richtigen tödlichen Stiches besser als er. Er zog ihnen das Fell ab und spannte es mit Stecknadeln auf halbierten Korken zum Trocknen. Die pfenniggroßen Fellchen lagerte er in leeren Zigarrenkisten. Während der bienenlosen Zeit nähte er sie mit feinem Seidengarn zusammen. Zweihundert ergaben ein Stück Fell von der Größe eines Handtellers, kostbarer als Hermelin und leicht wie Spinngewebe. Die enthäuteten Tiere legte er unter sein Mikroskop, um ihre Muskeln und Nervenbahnen zu studieren, vor allem ihre Stachel interessierten ihn. Man witzelte, er bereite sich einen Stärkungstee aus Drohnenhoden. Andere Häftlinge behaupteten, er habe die Sprache der Bienen erlernt und könne die Insekten abrichten wie junge Jagdhunde. Natürlich gab es auch Gerüchte, er habe Martin Maus mit Hilfe seiner Bienen ermordet.

Dieses Gerede war albern und übertrieben, entbehrte aber dennoch nicht jeglicher Grundlage.

Leo Kowalzik war ein Bienenmensch. Er tötete nicht aus Habgier, aber er stach ohne zu zögern zu, wenn er sich in seinem Lebensraum bedroht fühlte. Beim ersten Mal war er sieben Jahre alt gewesen.

Unbarmherzig fielen die Stockschläge auf sein entblößtes Hinterteil. Er versuchte sie abzuwehren, aufzufangen. Die Rute zerhackte die nackten Hände. Ein Feuerwerk von Domen und Glassplittern zerriss seine Sinne. Mit zornverzerrter Fratze schlug der Alte auf ihn ein. Noch heute heulte Leo in seinen Träumen vor Wut, weil er so winzig gewesen war, der Alte aber wie alle Gebirge der Erde, wie ein Ozean, wie das ewige Eis und alle Wüsten. Es waren die Bienen, die ihm die Macht der Kleinen zeigten.

Der Krug entglitt seinen Händen. Erschrocken starrte er auf die Scherben. Wie ein Gewitter erhob sich der Alte. Die Hose wurde heruntergerissen.

Halbtot vor Furcht erwartete er den ersten Hieb. Und dann schrie der Alte. Aber nicht vor Zorn. War es Angst? War es Schmerz? Eine Biene hatte ihn in die Lippe gestochen. Der Allmächtige schrie wie ein Schwein beim Schlachtfest. Die Augen traten ihm aus dem Kopf, und sie legten Eis auf sein geschwollenes Maul. Eine Biene hatte ihn erledigt, eine kleine Biene!

Und dann kam der Tag, an dem Leo den Bienenschwarm im Obstgarten entdeckte. Er fing ihn in einer Hutschachtel. Die Tiere rasten vor Zorn. Vorsichtig trug er sie zu dem freistehenden Holzhäuschen mit dem Herzen in der Tür. Dort warf er die Schachtel ins Klo, öffnete sie mit einem Stock und legte blitzschnell den Deckel auf den Sitz …

Der Alte verriegelte die Tür von innen, ließ die Hosen herab, öffnete den Toilettendeckel …

Kein schöner Tod. Aber wenigstens einmal in seinem Leben sollte er am eigenen Hinterteil erfahren, wie viele empfindliche Nerven hier enden.

Als die Bienen davongeflogen waren, hatte Leo die Hutschachtel aus dem Klo geholt. Goliath ist tot. Es lebe David! Für die anderen war es ein Unfall.

So hatte es begonnen.

Nur einmal hatte er einen Fehler gemacht. Sonst säße er nicht im Zuchthaus. Noch einmal würde ihm das nicht passieren.

Martin Maus war ein Monster. Er hasste Insekten in jeder Form. Wenn sich eine Ameise oder ein Käfer in die Zelle verirrte, so zertrat er sie. Für ihn waren alle Geschöpfe Ungeziefer. Nicht auszudenken, was er mit den Bienen anstellen würde. Die Bienenzeit stand vor der Tür. Zum ersten Mal, solange er zurückzudenken vermochte, empfand Leo Kowalzik keine Vorfreude. Wusste die Anstaltsleitung, was sie tat, als sie ihm diese Drohne in die Wabe steckte? Lag es an ihm, dass es mehr Gesetzesbrecher als Zuchthauszellen gab? Seit sieben Jahren lebte er allein in seiner engen Wabe. Nicht, dass er sich beklagte. Der Raum reichte für einen. Aber nur für einen. Selbst im volkreichen Bienenstaat gibt es das Naturgesetz des kleinsten Raumes. Geraten zwei Eier in eine Wabe, so kommt es unausweichlich zum Zweikampf auf Tod und Leben.

Leo Kowalzik wartete auf den richtigen Augenblick.

Dann kam der Frost. Er löste über Nacht und mit einem Schlag alle Probleme. Eigentlich war alles so einfach gewesen. Kowalzik verstand nicht, dass niemand darauf kam. Vielleicht musste man ein Bienenmensch sein, um den richtigen Stechinstinkt zu entwickeln.

In der Nacht hatte er durch die Gitterstäbe gelangt und den kräftigsten der Eiszapfen von der Regenrinne abgebrochen. Das Eis war hart und scharf wie Glas. Schnell und sicher wie eine Biene stieß er zu. Der andere war sofort tot. Das Eis stillte den Blutfluss. Die Tatwaffe aber zerschmolz in dem warmen Leib zu Wasser.

Leo Kowalzik war wieder allein. Seine Wabe gehörte nur ihm. Er freute sich auf die Bienenzeit.

Lila Leichengift

Ich sah die Kleinanzeige in der U-Bahn auf dem Weg ins Büro. Unscheinbar wie ein Ziegelstein in einer Mauer steckte sie zwischen den anderen gleichgroßen Inseraten der Morgenzeitung. In seltsam verkrüppeltem Deutsch stand da:

Mercedes 450, silb.-met. neuwertig, Bj 3 / 80,
Leder, Klima etc. 1. Hd. Tel. 545 088

Am Ende dieses sprachlichen Hackfleisches kauerte klein und bescheiden der Preis, so bescheiden, dass es sich eigentlich nur um einen Druckfehler handeln konnte. Vielleicht war es aber auch jene günstige Gelegenheit, die sich jeder erhofft, der die Annoncen einer Tageszeitung liest. War es ein Unfallwagen? Dann durfte er nicht als neuwertig angeboten werden. Also doch ein Druckfehler? Wie war das eigentlich, war ein Verkäufer nicht rechtlich verpflichtet, eine Ware zu dem Preis zu verkaufen, für den er Werbung gemacht hatte? Die Angelegenheit begann mich zu interessieren. In meinem Büro – ich arbeite für eine Werbeagentur – wählte ich die angegebene Telefonnummer.

Es meldete sich eine alte Frau mit wehleidiger Stimme: »Ja, der Wagen steht zum Verkauf. Es haben schon zwei

Herren angerufen. Wer zuerst kommt, bekommt ihn. Wie bitte? Ja, der Preis ist in Ordnung. Aber bitte bar. Probefahrt? Natürlich. Am besten, Sie kommen sofort.«

Ich tastete nach meinem Scheckheft in der Jackentasche, heuchelte Zahnschmerzen und machte mich, begleitet vom Mitgefühl meiner Kollegen, auf den Weg. Wenn die wüssten! Wie pflegte mein Chef zu sagen: »Eine gute Idee bringt mehr ein als ein Jahr harte Arbeit!«

Während ich auf meinen Omnibus wartete, fuhr ein silberner Mercedes vorüber. »Mercedes von links, Glück bringt's«, sagte ich und dachte: »Große Ereignisse werfen ihre Schatten voraus.« Ein Mercedes ist – oder besser war – für mich der Inbegriff allen Glückes. Andere träumten von Segelbooten, von Weltreisen oder Reitpferden, ich wollte immer und vor allem einen Mercedes, ein Sportcabriolet, einen Silberpfeil. Als unglücklich verliebter Primaner habe ich James Dean beneidet, der mit solch einem Geschoss in die Unsterblichkeit raste. Später reichte mein Gehalt nur für einen Volkswagen. Als es endlich bergauf ging, wollte Dagmar die Scheidung. Das, was mir blieb, reichte gerade für einen Opel.

Die Adresse lag außerhalb der Stadt im Hinterhaus einer Handlung für Kohlen, Kartoffeln und Baustoffe. Zwischen rostendem Schrott trockneten fleckige Laken. Ein neurotisch zitternder, schwanzloser Köter kläffte seinem Herzinfarkt entgegen. Die Alte sah genau so aus, wie ich sie mir vorgestellt hatte. Wenn der Mercedes sich in der gleichen Verfassung befand, war er schrottreif. Sie schlurfte vor mir her zu einem Schuppen aus Wellblech. Ihre Strümpfe welkten schlapp über dicken Krampfadern. Auf ihren krummen Schultern glitzerten die Schuppen wie Schmalzgrieben. Sie schob eine schlecht geschmierte Schiebetür beiseite, und da stand er wie ein Eisberg in der Sahara. Es verschlug mir die Sprache. Er glänzte wie der letzte Schrei in einem Autosalon. Das konnte doch nicht wahr sein.

»Ist das …?«

»Ja, das ist er«, keifte die Alte mit erschreckender Lautstärke. Es war offenkundig, dass sie trotz ihrer großen Ohren schwerhörig war. Mit Erstaunen sah ich, wie sie den Wagen zärtlich streichelte, so als sei er lebendig, ein Enkelkind oder Schoßhund. »Ist er nicht schön«, sagte sie.

»Doch, sehr schön, aber …«

»Wollen Sie die Wagenpapiere sehen?« Sie kramte aus ihrer Schürze ein Bündel hervor, das von einem roten Gummiband zusammengehalten wurde. Die Dokumente waren neu wie der Wagen, kein halbes Jahr alt, ausgestellt auf den Namen eines Mannes, der, wie ich an seinem Geburtsdatum sah, in diesem Monat vierunddreißig Jahre alt geworden war.

»Mein Sohn«, sagte die Alte.

»Und warum will er verkaufen?«

»Wer?«

»Na, Ihr Sohn.«

»Mein Sohn hätte nie verkauft. Er hat dieses Auto geliebt wie einen Menschen. Er ist …«, sie zögerte einen Augenblick, »… er ist tot.«

»Oh«, sagte ich, »das tut mir leid.«

»Er ist in diesem Wagen gestorben. Er hat sich das

Leben genommen, vergiftet. Als man ihn fand, war er bereits vier Wochen tot. Er hat sein technisches Spielzeug geliebt wie ein großes Kind. Jahrelang hat er dafür gespart. Ich möchte, dass ein junger Mann diesen Wagen bekommt, der so viel Liebe für ihn empfindet wie mein Sohn.« Sie streichelte den Wagen.

Draußen bellte wieder der neurotische Köter seinen Zorn in den verregneten Tag.

»Ach, da ist wohl schon der nächste Interessent«, sagte die Alte. »Wenn Sie Interesse haben ...«

»Ich nehme den Wagen«, unterbrach ich sie.

Sie betrachtete mich prüfend. Ihre in Falten gebetteten Elefantenäuglein betasteten mich wie eine Ware. Ich fühlte mich wie Hänsel im Käfig der Hexe. Sie gab mir ihre gichtknotige Hand und sagte: »Ich gebe Ihnen sein Auto. Aber nur unter einer Bedingung: Sie müssen mir schriftlich versprechen, dass Sie den Wagen für sich selbst kaufen. Ich möchte nicht, dass mit dem Vermächtnis meines Sohnes Geschäfte gemacht werden. Die Wagenpapiere bleiben in meinem Besitz, damit Sie ihn nicht verkaufen können. Sie erwerben das uneingeschränkte Benutzungsrecht. Seien Sie gut zu ihm.« Und wieder streichelte sie den glänzenden Lack, als nähme sie Abschied von einem Freund. »Wenn Sie ihn irgendwann einmal nicht mehr mögen, nehme ich ihn zurück.«

Nach kurzer Probefahrt folgten ein paar Unterschriften, und ich war der Besitzer eines Silberpfeiles. Mein schönster Jugendtraum hatte sich erfüllt. Der Blick in den Annoncenteil der Morgenzeitung hatte sich gelohnt.

Wie pflegte mein Chef zu sagen: »Eine gute Idee bringt mehr ein als ein Jahr harte Arbeit.«

Kleider machen Leute. Aber Autos machen aus Leuten große Leute. Ich fühlte mich wie James Bond. Endlich gehörte ich dazu: Jetset, Senatorenklasse, VIP.

Mit herabgelassenen Seitenscheiben schwebte ich wie eine Wolke durch die Alleen. Mein Spiegelbild glitt über die Schaufenster und mischte sich mit den exklusiven Auslagen, mit Pelzen, Juwelen und teuren Parfüms. Aus den Lautsprechern meiner Stereoanlage pulste der Bolero von Ravel. Welch eine Lust zu leben! Eine Ampel. Neben mir in einem alten Ford zwei junge Frauen. Ich spürte ihre Blicke. Im Spiegel sah ich ihre Lippen. Sie sprachen von mir. Ich verstand kein Wort. Aber in der Art, wie sie sich die geschminkten Lippen leckten, wie sie lachten und kokettierten, wie sie Ohs und Ahs formten, in dieser sinnlichen Art lag die ganze Hingabe des schwachen Geschlechts an den Erfolgreichen. Ein paar Schulmädchen auf dem Zebrastreifen drehten sich lachend nach mir um. Ich fühlte mich ungeheuer potent und high wie auf einem Kokaintrip.

Ich weiß nicht mehr, wie lange dieser Höhenflug dauerte, aber er endete wie jeder irdische Rausch mit einem Kater. Wann ich den Geruch zum ersten Mal wahrnahm, kann ich nicht mehr mit Bestimmtheit sagen, aber danach ließ er mich nicht mehr los. Es war ein widerwärtiger, bittersüßer Geruch, klebrig und lila wie verwesendes Fleisch.

Ich öffnete die Fenster, versprühte eine ganze Flasche Rasierwasser, kaute Pfefferminzdragees. Der Geruch blieb. Ich versuchte, ihn nicht wahrzunehmen, ihn gewissermaßen zu überriechen, aber es erging mir wie einem Zahnwehgeplagten. Je mehr man sich bemüht, den Schmerz zu vergessen, um so häufiger tastet die Zunge nach dem freiliegenden Nerv.

Nachts hörte ich die rostige Stimme der Alten: »Er ist in diesem Wagen gestorben. Als man ihn fand, war er bereits vier Wochen tot.« Und dann sah ich seine Leiche zähflüssig zerfließend wie ein überreifer Limburger käse, lila-grün phosphoreszierend. Es wimmelte von glitschigen Maden. Ich spürte sie auf meiner nackten Haut. Nassgeschwitzt schreckte ich aus dem Schlaf. Übelkeit würgte mich. Überall war der klebrig süße Gestank zerfließenden Fleisches. Er hockte wie ein Polyp in meiner Stirnhöhle. Immer häufiger griff ich mitten in der Nacht zur Whiskyflasche. Die Schlaftabletten auf meinem Nachttisch wurden immer stärker.

In meiner Freizeit baute ich die Autositze aus, vertauschte die Fußbodenbeläge, bearbeitete die Decken- und Wandverkleidungen mit Spezial-Reinigungsschaum, verstreute Fichtennadelsalz und gehackten Knoblauch, verbrannte indische Räucherstäbchen und teure Zigarren. Alles vergeblich! Es schien, als hocke der giftige Atem des Todes sogar im Blech und im Glas.

So wie es Menschen gibt, die auf Heu, Erdbeeren oder Katzen allergisch reagieren, so erging es mir nach kurzer Zeit mit meinem Mercedes. Wenn ich nur die Wagentür öffnete, so sträubten sich mir alle Haare vor Ekel. Ich bekam einen gürtelroseähnlichen Hautausschlag, der sich erst besserte, als ich wieder mit der U-Bahn fuhr und den Wagen in der Garage ließ.

Zu der Zeit wog ich nur noch sechzig Kilo.

Mein Chef hatte mich zweimal verwarnt, die Finger vom Alkohol zu lassen. Ich wusste, ich musste irgendwann den Steuerknüppel ziehen, um meinen Sturzflug abzufangen. Ich hatte Stiche in der Brust und kotzte bei jedem Anlass. Es war das Ende.

Nicht einmal drei Wochen nach Erfüllung meines Jugendtraumes stand ich wieder im Hinterhof der Kohlenhandlung. Die Alte keifte schlimmer als ihr Köter: »Das hätte ich mir bei Ihnen gleich denken sollen, dass Sie den Wagen nur für eine Spritztour wollten. Hätte ich bloß nicht die anderen Interessenten weggeschickt. Jetzt muss ich neu annoncieren. Das werden Sie mir bezahlen, junger Mann. Wer weiß, was Sie mit dem Wagen meines Sohnes alles angestellt haben. Woher soll ich wissen, dass noch alles in Ordnung ist. Ich werde einen Gutachter kommen lassen, auf Ihre Kosten.« Sie gab mir die Hälfte meines Kaufpreises zurück: »Den Rest behalte ich als Wagenverleihgebühr und als Abnützung. Wenn Sie wollen, können Sie mich verklagen.«

Um eine unangenehme Erfahrung reicher und um eine Summe ärmer, für die ich mir einen neuen Mercedes dreimal so lange hätte leihen können, machte ich mich auf den Weg zur nächsten U-Bahn-Station. Der klebrig süße Geruch des Todes schreckte mich noch wochenlang aus dem Schlaf.

Schon am nächsten Tag stand die Verkaufsanzeige des Mercedes wieder in der Morgenzeitung, zwei Tage lang, dann war sie verschwunden. Drei Wochen später war sie wieder da, und ich wusste, warum.

Sie erschien nun leicht verändert, aber stets mit der gleichen Telefonnummer, in regelmäßigen Abständen. Die Nerven der Alten mussten inzwischen total im Eimer sein, ganz zu schweigen vom Geruchssinn ihrer Käufer. Die Intervalle zwischen den Verkaufsangeboten wurden allmählich größer. Vielleicht verblasste der Gestank allmählich. Alles ist vergänglich. Auch der Hauch des Todes, sagte ich mir.

Am Freitag, dem 13. September – ich erinnere mich so genau an das Datum, weil ich von Natur aus abergläubisch bin –, hatte ich eine Verabredung mit einem Kunden, dessen Büro nur zwei Querstraßen von der Kohlenhandlung der Alten entfernt lag. Als ich den Auftrag in der Tasche hatte, war es nach sechs. Es lohnte sich nicht mehr zurückzufahren in die Agentur. Ich hatte Zeit und ließ meine Füße wie zwei Kutschpferde laufen, wohin sie wollten. Natürlich trugen sie mich zu meinem Mercedes. Das Tor zum Hof stand weit offen. Der sonst frei umherspringende Köter war nirgends zu erblicken. In den Fenstern der Nachbarhäuser brannte bereits elektrisches Licht. Die Kohlenhandlung war dunkel wie eine Ruine. Die Alte und ihr Hund waren nicht zu Hause. Ich schaute mich um. In beiden Richtungen war die Straße menschenleer. Die Alte brauchte mindestens zehn Minuten, um die überschaubare Strecke zurückzulegen. Ich nahm mir ein Herz und überquerte den Hof mit schnellen Schritten. Das Garagentor war zu. Ich zog an der Klinke. Sie gab nach. Quietschend öffnete sich die eiserne Tür. Im letzten Tageslicht stand er vor mir, schön und rassig wie ein edles Pferd. Ich legte meine Hand auf den Lack und streichelte ihn, so wie es die Alte gemacht hatte. Mein Mercedes.

Doch dann traf es mich wie ein Faustschlag in den Magen. Der Gestank war unerträglich. Meine Augen füllten sich mit Tränen. Die Ohren summten wie ein Bienenschwarm. Und dann sah ich es:

Es waren keine Bienen, es waren Fliegen, grüngeflügelte Schmeißfliegen. Sie quollen aus allen Ritzen des Autos. Mein Gott, die Alte! Mein erster Gedanke war: Die Alte ist ihrem Sohn gefolgt und hat sich wie er in dem Wagen das Leben genommen! Ich hielt die Luft an und trat einen Schritt näher. Ich erkannte die Blechschüssel auf dem Rücksitz. Sie war gefüllt mit verwesenden Innereien, mit fauliger Lunge und gedunsenem Schweinegedärm, zähflüssig wie alter Camembert und bewegt von glitschigen Maden und Fliegen.

Ich stürzte zur Tür. Bevor ich mich übergab, dachte ich an die Worte meines Chefs: »Eine gute Idee bringt mehr ein als ein Jahr harte Arbeit!« Wie recht er hatte! Die Alte musste ein Vermögen gemacht haben, steuerfrei, mit einer Schüssel Fleisch und einer guten Idee.

Der Gipsarm

Das ist der Wagen«, sagte der Zöllner zu seinem Kollegen am Schlagbaum. »Das Autokennzeichen deckt sich mit der anonymen Anzeige, die heute Morgen bei uns eingegangen ist. Darin heißt es, eine Frau wird in ihrem Gipsarm Heroin über die Grenze schmuggeln.«

Sie winkten den Wagen rechts ran. Eine Frau saß am Steuer, den Arm in Gips.

»Pass, Wagenpapiere. Was zu verzollen? Können Sie überhaupt mit dem Gips fahren?«

»Geht schon. Der Wagen ist ein Automatik.« Es klang reichlich nervös. Eine schlechte Lügnerin. Aber dennoch, ganz schön raffiniert! Wer würde schon einer Frau den Gips vom gebrochenen Arm schlagen, um den Inhalt zu prüfen?

»Wollen Sie bitte aussteigen?«

In der Zollstube hieß es dann: »Was haben Sie in dem Gipsverband?«

»Einen gebrochenen Arm.«

»Nur einen gebrochenen Arm?«

»Ja, was denn sonst?« Sie wurde rot.

»Hol den Suchhund!«, sagte der Chef der Zöllner. Ein Schäferhund wurde hereingeführt. Er hastete geradlinig auf den eingegipsten Arm zu und begann laut zu bellen.

»Da haben wir's. Brav, Bello, brav.«

Sie drückten die Frau auf einen Stuhl und machten sich an ihrem Arm zu schaffen: »Hammer und Handsäge!«

»Was soll das? Sind Sie von Sinnen? Weg da! Der Verband darf erst in zwei Wochen runter. Sie ruinieren meinen Arm.«

Zwei Männer mussten sie festhalten, während ein dritter ihr den Gips vom Arm schälte. Die Frau wehrte sich. Die Gipsbrocken flogen durch die Zollstube. Der Suchhund bellte.

Endlich war der Verband ab. Aber – und die Männer sahen es mit Entsetzen! – da war nichts, gar nichts, nur ein blasser, kraftloser Arm. Die Frau weinte. Die Männer umstanden sie wie geohrfeigte Schulbuben. Scheiße! Der Chef der Zollstation sah bereits die Schlagzeilen in der Bild-Zeitung: Alte Dame von deutschen Zöllnern brutal misshandelt!

Wenn die sich den richtigen Anwalt nimmt, dachte er, werden Schadensersatzansprüche in Millionenhöhe fällig. Ganz zu schweigen von dem Disziplinarverfahren. Und das zwei Jahre vor meiner Pensionierung.

Gott sei Dank kam es nicht dazu. Mit einem riesigen Blumenstrauß und einem noch größeren Präsentkorb entschuldigten sich die Beamten bei ihr: »Unglückliche Umstände. Die anonyme Anzeige …«

»Das war bestimmt mein geschiedener Mann!«

Aber der Hund! Er ist unser bester Spürhund. Wie konnte er sich so entsetzlich irren?

»Vielleicht hat er mich wieder erkannt. Ich komme fast täglich über die Grenze, weil ich auf der anderen Seite wohne und hier arbeite.«

»Ja, so wird es wohl sein«, stammelten die Männer und grüßten sie wie eine alte Freundin, wenn sie den Schlagbaum passierte. Sie dachte dann immer: Mein Gott, wie einfach war das gelaufen. Sie selbst hatte dem Zoll mitgeteilt, dass sie Heroin im Gipsverband hätte. Natürlich hatte sie keins, wenigstens nicht beim ersten Mal, dafür danach dann aber täglich, ohne Angst vor Kontrolle. Nichts lässt sich so leicht hinters Licht führen wie Männer. Beim Hund war das schon schwieriger. Aber eine Prise Heroin auf den Gips gestreut hatte auch bei ihm die Wirkung nicht verfehlt.

Der Mann,
der Mozart hasste

Als Mr. Marble die Haustür seines dreigeschossigen Mietheimes aufschloss, hörte er wie immer Ella bereits unten im Treppenhaus. Sie spielte ihr Lieblingsmenuett von Mozart. Mr. Marble hatte es gewiss schon zigtausendmal gehört. Sie waren seit dreißig Jahren miteinander verheiratet, und Ella spielte es täglich.

Er blieb ein paar Atemzüge im Treppenhaus stehen, so als koste es ihn Überwindung, die Treppe emporzusteigen. Doch dann gab er sich einen Ruck und stieg hinauf zur Hölle.

Ella saß hinter dem Spinett, das sie mit in die Ehe gebracht hatte. Sie starrte verzückt auf die abgegriffene Elfenbeintastatur, über die ihre fetten Finger wie akrobatische Würste dahinhoppelten. Mr. Marble sah das alles, bevor er das Wohnzimmer betrat. Er hatte das dreißig Jahre lang gesehen und, was schlimmer war: gehört. Dreißig Jahre Mozart! Welche Tortur! Selbst Mozart hatte seine Musik nicht so lange zu ertragen vermocht. Soviel Mr. Marble wusste, hatte Mozart im zarten Alter von fünf Jahren als Wunderkind begonnen und war im besten Mannesalter gestorben, um unsterblich zu werden. Mr. Marble hasste Mozart.

An allen Wänden seiner Wohnung hingen Mozartbilder.

Mozart auf der Reise nach Prag. Mozart vor Maria Theresia, neben seinem Vater über seinem Spinett, Mozart als Kind, Genie und Leiche. Sogar über ihrem Doppelbett grinste dieser Österreicher mit gepuderter Perücke und Doppelkinn. Überall lagen seine Schallplatten herum, von den Noten und Büchern ganz zu schweigen. Den Knöchel hatte Marble sich gebrochen, weil er über die blöde Bronzeplastik des göttlichen Amadeus gestolpert war. Acht Wochen lang hatte er mit einem Gipsbein auf dem Sofa gesessen, und Ella hatte Mozart gespielt, den ganzen Tag.

Damals war ihm zum ersten Mal der Gedanke gekommen, sie umzubringen, wirklich umzubringen. Gespielt hatte er mit dem Gedanken schon kurz nach ihrer unglückseligen Vermählung. In keiner Wohnung hatten sie länger als ein Jahr gewohnt. Dann nahm der Streit mit den anderen Mietern meist solche Formen an, dass sie gehen mussten. Auch hier würde es nicht mehr lange dauern. Der nette junge Mann von nebenan grüßte schon nicht mehr, und das Ehepaar rechts klopfte regelmäßig gegen die Wand, weil ihre Kleinen bei Mozarts *Kleiner Nachtmusik* keinen Schlaf fanden. In der letzten Wohnung war einem Nachbarn sogar der Dackel weggelaufen, weil seine gemarterten Schlappohren Mozart nicht mehr zu ertragen vermochten.

Mr. Marble goss sich in der Küche ein Glas kalte Milch ein und ging hinüber ins Wohnzimmer. Ella nahm von seinem Kommen keine Notiz. Sie spielte mit der Inbrunst einer brütenden Kröte. Wer war er schon neben Don Giovanni? Er setzte sich in den Lehnstuhl am Fenster und schaute hinab auf die Straße, auf der ein paar Kinder mit einem kleinen schwarzen Hund spielten. Vielleicht hätten wir Kinder haben sollen, dachte er. Aber dann fiel ihm ein, dass sie alle Mozart spielen würden, einhändig, zweihändig, vierhändig am Klavier, auf Querflöten, auf Bratschen und Trompeten. Die Buben würden Amadeus heißen, und die Mädchen müssten Mozartlocken tragen.

»Noch zwei Tage«, sagte er. Dann ging er hinüber in sein Arbeitszimmer, schloss den Schreibtisch auf und holte eine kleine Zigarrenkiste hervor. Er legte sein Ohr an den Deckel und lauschte. Als er das Krabbeln vernahm, huschte ein Lächeln über sein Gesicht. »Noch zwei Tage.«

Was hatte er sich nicht alles einfallen lassen, um seine Ruhe zu finden. Er war, obwohl er alles Klubleben verabscheute, einem Herrenklub beigetreten, nur um irgendwo eine Oase der Stille zu finden. Er hatte seine Wochenenden mit Angeln vertrödelt, obwohl er viel lieber in seiner umfangreichen Bibliothek gelesen hätte. Er hatte sich sogar überlegt, einfach auf und davon zu gehen. Aber Mr. Marble, seit fünfundzwanzig Jahren Prokurist der Import-Export-Firma Orsmond & Levin, war nicht der Typ eines abenteuerlichen Aussteigers. Dafür liebte er seine Bücher viel zu sehr. Außerdem war er von militärischem Pflichtbewusstsein durchdrungen. Fahnenflucht kam nicht infrage. In seinem Alter würde er auch nie wieder eine Position wie bei Orsmond & Levin erreichen. Auf eine Scheidung würde Ella sich nicht einlassen. Und welches Gericht würde Mozart als Scheidungsgrund anerkennen?

Sogar die Brille hatte er ihr versteckt in der Hoffnung, sie würde bis zur Wiederbeschaffung einer neuen keine Noten lesen können. Aber sie hatte auch ohne Brille gespielt, aus dem Gedächtnis, und das war noch unerträglicher gewesen. Am liebsten hätte er das Spinett zerhackt, aber dann hätte sie ein neues gekauft, ein besseres, größeres, lauteres. Über seinem Familienleben standen die Worte Dantes am Eingang zur Hölle: ›Weh dir, laß alle Hoffnung fahren!‹ Seit dreißig Jahren fand er sie beim Betreten der jeweiligen Wohnung hinter dem Spinett mit Mozart, seit dreißig Jahren! Bis auf das eine Mal. Es war jetzt ein halbes Jahr her. Er war nach Hause gekommen und hatte schon auf der Straße gespürt, dass etwas Ungeheuerliches geschehen war. Er betrat das Treppenhaus. Totenstille empfing ihn. Seine Wohnung war ohne Musik. ›Sie ist tot!‹, hatte es in ihm gejubelt. ›Sie ist tot!‹ Als er noch mit Hut und Mantel ins Wohnzimmer stürzte, kauerte sie mit angezogenen Beinen in seinem Lehnstuhl. Was ist los? Ängstlich deutete sie zu ihrem Spinett hinüber, so als lauerte dort eine ausgehungerte Wölfin. »Eine Spinne«, stammelte sie, »eine riesige Spinne.«

Obwohl die kleine, langbeinige Wohltäterin längst davongelaufen war, blieb Ella den ganzen Abend dem Spinett fern. Sie fieberte und ging früh zu Bett.

In der schöpferischen Stille dieses Abends hatte er seinen Plan gefasst. Sie selbst hatte ihn darauf gebracht. In einer zoologischen Handlung im Westen Londons fand er, wonach er suchte: sechs südamerikanische Spinnen. Es waren die größten und ekelhaftesten Spinnentiere, die er je in seinem Leben gesehen hatte. Dicht behaart, huschten sie auf langen Beinen in ihrem Käfig umher. Natürlich waren sie nicht giftig.

Mr. Marble besuchte dann noch eine kleine Schreinerei am Ende ihrer Straße. Die Aktion Spinnen contra Spinett hatte begonnen.

Als er ein paar Abende später nach Hause kam, trug er in einem Paket aus braunem Packpapier zwei Bretter und acht Vierkantleisten, die er nach seinen Angaben hatte zuschneiden lassen. Er war außerordentlich guter Laune, als er sich in seinem Arbeitszimmer einschloss, um aus den acht Leisten einen Würfel zu basteln, einen Fuß lang, einen Fuß hoch und einen Fuß breit. Er bespannte alle Seiten mit feinem Maschendraht und ließ nur die untere Seite des Würfels offen. Dort befestigte er die beiden Bretter mit Scharnieren und so beweglich, dass man sie auf- und zuklappen konnte. Geschlossen ließen sie eine kreisrunde Öffnung frei, etwa so groß wie Ellas Hals. Er saß im Lehnstuhl am Fenster und hörte ihr zu. Es war das erste Mal, dass er es genoss, denn es war das letzte Mal.

Er verließ den Raum, und als er zurückkam, trug er den Käfig unter seinem linken Arm. In der Rechten hielt er die Zigarrenkiste mit den Luftlöchern im Deckel. Er stellte sich hinter Ella, die ihn wie immer nicht beachtete. Er nahm die spielenden Hände von den Tasten, legte sie hinter ihren Rücken und fesselte sie mit seinem Hosengürtel. Das alles ging so schnell vor sich, dass es bereits geschehen war, bevor Ella es recht bemerkte. Es war das erste Mal, dass es jemand gewagt hatte, sie in ihrem Spiel zu stören. Ihr hoffnungslos erstauntes Gesicht war eine einzige Frage. Verständnislos sah sie zu, wie Mr. Marble etwas in den Käfig fallen ließ. Dann bekam sie diesen über den Kopf gestülpt. Die beiden unteren Bretter klappten zu. Ein Messingriegel hielt sie zusammen. Marble griff nach der Leselampe und stellte sie über dem Käfig in das Bücherregal, sodass ihr Lichtschein voll auf den Käfig fiel. Wie ein Fechthelm umschloss er ihren Kopf. Ein paar Herzschläge herrschte Totenstille. Dann schrie Ella, wie er noch niemals einen Menschen hatte schreien hören. Marble ging zum Plattenspieler und legte Mozarts *Zauberflöte* auf, die gesamte Oper, vier Langspielplattenseiten.

Die Spinnen, die mehrere Tage in der engen, dunklen Kiste verbracht hatten, erwachten in dem hellen Licht der Leselampe zu elektrisierendem Leben. Kreuz und quer krabbelten sie über Ellas Gesicht, über ihre von panischem Entsetzen geweiteten Augen, über ihre schreienden Lippen und durch ihr spärliches Haar. Je mehr sie raste, um so lebendiger wurden die Spinnen. Sie schrie mit der Königin der Nacht um die Wette. Die Augen waren aus den Höhlen hervorgetreten, so als vermöchten sie das Grauen, das auf langen Spinnenbeinen in riesiger Größe auf ihrem Gesicht herumspukte, nicht zu fassen. Der Schweiß lief ihr in Strömen den Hals hinab. Ihre Schlagadern waren noch dicker als ihre Krampfadern. Schließlich verlor sie die Besinnung.

Behutsam nahm Mr. Marble den Käfig vom Kopf seiner Gattin. Die Spinnen verschloss er in der Zigarrenkiste. Er band sie los und trug sie ins Schlafzimmer. Ihre Augen waren geöffnet wie bei einem totgeschossenen Kaninchen. Ihr Herz raste.

Nach zwei Tagen hatte sie sich so weit erholt, dass er mit der Behandlung fortfahren konnte. Diesmal legte er *Eine kleine Nachtmusik* auf. Die Wirkung war noch heftiger als beim ersten Mal. Schon beim Anblick des Käfigs gebärdete Ella sich so rasend, dass er alle Kraft und Geschicklichkeit aufbringen musste, ihn ihr über den Kopf zu stülpen.

Danach lag sie eine ganze Woche in totenähnlicher Starre. Es herrschte eine himmlische Ruhe in der Wohnung. Mr. Marble blieb jeden Abend daheim und brachte seiner fiebernden Frau heißen Lindenblütentee ans Bett. Die Spinnen fütterte er mit Fliegen, die er am Küchenfenster fing.

Es folgten *Die Hochzeit des Figaro*, *Così fan tutte* und das Requiem. Mr. Marble handelte wie ein guter Arzt, der weiß, dass es vor allem auf die richtige Dosierung ankommt. Die Therapie stammte nicht von ihm. Er hatte in einem Buch davon gelesen: »Ein Lichtstrahl«, so hieß es dort, »bewirkt, dass sich die Pupille des Auges automatisch zusammenzieht. Lässt man nun wiederholt einen Lichtstrahl auf das Auge fallen und schlägt dabei gleichzeitig einen Gong, so verursacht nach kurzer Zeit schon der Gongschlag allein das Zusammenziehen der Pupille, ohne dass Licht vorhanden zu sein braucht.«

Schon nach der vierten Behandlung beobachtete er, dass Ella von panischem Entsetzen geschüttelt wurde, wenn er nur eine Mozartplatte auflegte. Trotzdem verwandte er zur therapeutischen Unterstützung noch den Spinnenkäfig. Nach einem weiteren Monat hatte er Ella so weit, dass er die Spinnen nicht mehr brauchte. Mozart allein tat seine Wirkung.

Wenn er jetzt abends nach Hause kam, saß sie am Fenster und schaute auf die Straße. Manchmal sprach sie auch mit sich selbst oder spielte mit den Puppen, die er ihr vom Dachspeicher heruntergeholt hatte. Wenn er ihr saure Bonbons mitbrachte, klatschte sie vor Freude in die Hände. In dieser Zeit führten sie eine gute Ehe, Mr. Marble und seine schwachsinnige Gattin. Abends las er in seinen Büchern, und sie häkelte Topflappen. Als er an einem düsteren Winterabend aus dem Büro nach Hause kam, fand er die Wohnung leer.

»Aber ich wollte doch nur«, schluchzte die Nachbarin, »ich wollte ihr doch nur eine Freude machen.«

Zwischen ihren Schniefern erfuhr er, dass sie Ella zu einer Tasse Tee eingeladen hatte. Sie hätte eine Schallplatte aufgelegt. »Ich glaube, es war Mozart.«

Ella hatte so gerast, dass die alte Dame sich nicht anders zu helfen wusste, als einen befreundeten Nervenarzt zu Hilfe zu rufen. »Sie haben sie in eine Nervenheilanstalt gebracht. Es war schrecklich!«

»Es besteht kein Grund zu ernsthafter Besorgnis«, sagte Professor Armstrong, der Leiter der Anstalt. »Ihre Gattin ist organisch völlig in Ordnung, ein bisschen mit den Nerven herunter. Aber das werden wir in den Griff bekommen. Ein paar Wochen, und sie ist völlig die alte, so wie sie früher war.«

»So wie sie früher war ...«, stammelte Mr. Marble.

»Ist Ihnen nicht gut?«, fragte der Professor teilnahmsvoll. »Sie machen sich zu viel Sorgen. Wir haben schon schlimmere Fälle wieder hingekriegt. Was Ihre Gattin jetzt braucht ist Ruhe, viel Ruhe und Harmonie. Wir haben da eine hervorragende Methode, die schon den alten Griechen bekannt war. Wir heilen mit Musik.«

»Oh«, sagte Mr. Marble, »dann sollten Sie ihr hin und wieder etwas von Mozart vorspielen. Sie ist rasend verrückt nach ihm.«

Auferstehung

Er trieb auf dem Wasser wie ein Stück Holz, und die Flut war kalt, eiskalt. Ihn fror. Er zog die vor der Brust gekreuzten Arme noch näher an den Leib. Dabei bemerkte er, dass er nackt war. Die Berührung mit der eigenen Haut ließ ihn erschauern. Wo bin ich?

Einen Atemzug lang schwebte er zwischen Traum und Erwachen. Dann riss ihn die Kälte aus dem Schlaf. Er erlebte sich auf einer harten Unterlage, nackt ohne Laken und Bettdecke. Der Raum war nachtdunkel. Durch eine kellerfensterartige Öffnung sickerte kaltes Licht, Mondlicht oder der Schein einer Straßenlaterne. Als seine Augen sich an die Dunkelheit gewöhnt hatten, erkannte er andere Liegen.

Lag da nicht jemand dicht neben ihm? Er drehte sich auf die Seite, streckte seinen Arm aus und fuhr zurück. Seine Fingerspitzen hatten Haut berührt, nackte Haut, aber so kalt wie totes Fleisch. O mein Gott!

Erschrocken fuhr er auf: Wo bin ich? Wie komme ich hierher? Sein Lebenswille verdrängte die Fragen. So wie ein Ertrinkender nichts weiter will als Atem holen, so verlangte sein Leib nach Wärme: Ich brauche Kleidung, bevor ich erfriere. Barfuß auf eiskalten Fliesen, schlotternd vor Kälte mit klappernden Zähnen tastete er sich an der Wand entlang zu einem Schrank, in dem er eine

Wolldecke fand. Eingewickelt wie eine Mumie ließ er sich in einer Ecke des Raumes nieder und genoss die Wärme, die seine erstarrten Glieder wieder mit Leben erfüllte. Mit dem Leib erwachten auch wieder seine Lebensgeister. Er kniff sich unter der Wolldecke in die Brustwarze und sagte laut und deutlich: »Das hier ist kein Traum.« Er wiederholte den Satz mehrmals, als müsse er sich selber von der Richtigkeit seiner Erkenntnis überzeugen.

Ich bin nicht verrückt. Ich bin völlig in Ordnung. Gut, ich habe einen Bypass, Herzprobleme, Asthma, bisweilen. Aber wer ist schon hundertprozentig okay? Stress, Übergewicht. Na und? Ohne mein überschüssiges Fett wäre ich hier wahrscheinlich erfroren. Wo bin ich überhaupt?

Aus Gewohnheit wollte er einen Blick auf seine Armbanduhr werfen. Das Handgelenk war leer. Dabei entdeckte er die Befestigung an seinem anderen Unterarm. Es sah aus wie ein Kettchen, mit denen bisweilen der Stöpsel am Badewannenausfluss befestigt wird. Ein Schild hing daran. Er streifte es ab und hielt es sich dicht vor die Augen. Hagen Hentschel las er. Hagen Hentschel – das bin ich, Dipl.-Ing., Architekt und Stadtplaner.

Plötzlich überfiel ihn die Erkenntnis, dass er in einem Leichenschauhaus lag, im Leichenkeller eines Krankenhauses.

Er war tot, nicht wirklich tot, sonst säße er hier nicht, eingewickelt in eine Wolldecke und würde nachdenken. Cogito, ergo sum. Wie wahr! Aber für die andern war er tot, für Angelica und Andreas, seinen Sohn, für seinen Partner und die Freunde. Seltsamerweise schien ihn diese Vorstellung zu belustigen. Sie hielten ihn wahrhaftig für tot. Sein Ableben konnte nicht weit zurückliegen. Ganz gewiss lag er noch nicht lange hier, sonst hätte die Kälte ihn umgebracht.

Er versuchte sich zu erinnern. Wie war das doch gewesen? Ein runder Geburtstag. Sein eigener? Nein, er war voriges Jahr sechzig geworden. Angelicas vierzigster. Ja, richtig. Geburtstagsdinner im Adlon für achtzehn Gäste. Er hatte die Tischrede gehalten. Hatte er sie gehalten? Er hatte sie ausgearbeitet. Sie endete mit den Zeilen von Ringelnatz:

Ich habe dich so lieb.
Ich könnte dir ohne Bedenken
Eine Kachel aus meinem Ofen schenken.

Nun, eine Kachel hatte er ihr nicht geschenkt, aber der gewünschte Pelzmantel war einige dutzend Kachelöfen wert.

Er war erst am Abend aus Zürich zurückgekehrt, hatte sich nicht wohl gefühlt, Atemnot und diese lästigen Stiche in der linken Schulter. Die Zeit drängte. Alles musste so schnell gehen.

Ob ich wohl an der Festtafel umgefallen bin? Oder während der Geburtstagsrede?

Er vermochte sich nicht zu erinnern.

Plötzlich fiel ihm ein, dass man um ihn trauerte, dass er seinen Lieben fürchterlichen Schmerz zugefügt hatte.

Ich muss hier raus, dachte er, so schnell wie möglich.

Wie aber sollte das vor sich gehen? Schon aus Gründen

der Pietät war der Leichenkeller ganz gewiss verschlossen. Er tastete sich zur Tür und stellte mit Genugtuung fest, dass sie sich von außen nur mit einem Schlüssel öffnen ließ, von innen aber einen Drehknopf hatte, mit dessen Hilfe man den Raum jederzeit verlassen konnte.

In einer Wäschekammer am Ende des Ganges fand er Unterwäsche und Kittel für Ärzte, sogar Socken und Sandalen. Ein Abreißkalender an der Wand zeigte den 15. Mai. Zwei Tage zuvor hatten sie Angelicas Geburtstag gefeiert. Auf der großen Uhr in der Empfangshalle war es kurz vor elf, elf Uhr abends, wie er feststellte, als er ins Freie trat. Die Nachtschwester an der Rezeption las in einem Buch. Sie nahm nur flüchtig Notiz von ihm. Ihre Aufgabe war es, Einlieferungen zu registrieren. Was interessierte sie da ein umherstreifender Krankenpfleger. Über dem Eingang stand in beleuchteten Lettern: Katharinen-Krankenhaus. Glück im Unglück, denn die Klinik lag am Rande des Villenviertels, in dem er wohnte. Was hätte er sonst bloß gemacht, ohne einen Pfennig für Bus oder Taxe?

Es war ein heller Maienabend, mild und voll Amselgesang. Als er am Friedhof vorbeikam, begann eine Nachtigall zu schlagen. Er verharrte lauschend bei der Friedhofshecke, betrachtete den Mond und die Gräber. Es hätte nicht viel gefehlt, und er läge auch dort drüben. Bei dem Gedanken an seine bevorstehende Beerdigung beschleunigte er seine Schritte.

Ob sie wohl sehr um ihn trauerten? Die Armen. Er musste äußerst behutsam Vorgehen, um sie nicht zu Tode zu erschrecken. Am Ende hielten sie ihn noch für ein Gespenst aus dem Grab, für einen von den Toten wieder Auferstandenen.

Als er die Architektenvilla in der Kastanienallee erreichte, brannte hinter den Fenstern im Obergeschoss noch Licht. Unter der Steinplatte beim Kellereingang fand er den Ersatzschlüssel, den sie dort versteckt hielten, falls mal einer seinen Hausschlüssel vergessen sollte.

Behutsam öffnete er die Tür. Auf Zehenspitzen schlich er durch die Diele, die Treppe nach oben. Auf halbem Weg vernahm er die Stimme seines Sohnes. Andreas – oh, welche Freude! Die Tür zum Kinderzimmer war nur angelehnt. Ein schmaler Lichtstreifen fiel in den abgedunkelten Flur.

»Nun tu doch bloß nicht so, als hättest du ihn gemocht«, hörte er Andreas sagen. »Hast du vergessen, was er uns für Schwierigkeiten gemacht hat? Er fand dich nicht gut genug für seinen Sohn, eine Türkin, die nichts weiter vorzuweisen hat als ein Paar prachtvolle Titten. Als Architekt wirst du nicht nur danach beurteilt, wie du wohnst, sondern auch, mit wem. Unser Kapital ist unser guter Geschmack. Von einem Architekten mit einem Allerweltsweib erwartet man auch keine überdurchschnittliche Gestaltungskraft.«

»Das hat er gesagt?«

»Ja, das hat er gesagt. Seine junge Frau war für ihn nur ein Aushängeschild, ein Statussymbol wie sein Porsche Carrera. Er war ein Kotzbrocken, ein verdammt egoistischer Kotzbrocken, der sein Leben gelebt hat ohne Rücksicht auf uns und die anderen. Jedes Jahr sind wir seinetwegen nach Sylt geflogen und haben uns den Arsch abgefroren, weil Sylt für ihn »in« war. Wie gerne wären wir mal in die Berge gefahren.

Weil sein Büro einen Nachfolger braucht, musste ich Architektur studieren. Aber damit ist Schluss. Jetzt richte ich mir mein eigenes Tonstudio ein und mache nur noch in Musik. Kohle gibt es reichlich. Unser Steuerberater schätzt das zu vererbende Vermögen auf zehn Millionen. Zehn Millionen!!! Mein Gott, was lässt sich damit alles anfangen!«

»Aber das Geld gehört doch nicht alles dir«, sagte die weibliche Stimme.

»Nein, natürlich nicht, aber zwei Millionen sind ja auch nicht zu verachten.«

»Und was wird aus dem Architekturbüro?«

»Das wird von unserem Partner geführt. Er und Angelica sind schon seit einem Jahr Partner, nicht nur geschäftlich, sondern auch im Bett. Mein Gott, was müssen die gejubelt haben, als den Alten endlich der Schlag traf! Ich gönne es Mutter. Sie hat es verdient. Nach zwanzig Jahren Ehehaft mit diesem alten Fettsack endlich einen richtigen Mann im Bett.«

»Du hast deinen Vater nicht gemocht?«

»Ich habe ihn gehasst. Als er mich mit sechzehn ins Internat steckte, hätte ich ihn töten können.«

»Du übertreibst.«

»Ich will wir etwas zeigen.«

Eine Schublade wurde geräuschvoll geöffnet.

»Ein Revolver«, sagte die Frauenstimme. Es klang erschrocken.

»Ich habe ihn aus Tschechien mitgebracht. Es hat nicht viel gefehlt, und ich hätte ihn damit umgelegt.«

»Das ist schlimm, sehr schlimm«, sagte die Frauenstimme. Und nach einer Weile: »Es ist spät. Ich muss gehen.«

»Ich fahre dich nach Hause.«

Hagen Hentschel schlüpfte ins Nebenzimmer. Er hörte, wie sie die Treppe hinuntergingen. Eine Tür fiel ins Schloss.

Die Stille war erdrückend. Aber was war das? Stöhnte da nicht jemand? Er trat in den Flur hinaus. Da war es wieder, am unteren Ende des Ganges. Es kam aus seinem Schlafzimmer. Ein leises Wimmern. Angelica! Mein Gott, sie weint um mich!

Er schlich sich näher, legte sein Ohr an die Tür, und nun vernahm er ganz deutlich ihre Stimme:

»Ja … ja … so ist es gut. Hör nicht auf! Mach es mir! Oh, du bist wundervoll. Hör nicht auf. Ich liebe dich.«

Erschrocken fuhr er zurück. Das rhythmische Knarren des Bettes war nicht zu überhören, das Keuchen seines Partners und über allem immer wieder ihre Lustschreie. Welch ein Albtraum!

Er lehnte an der Tür seines eigenen Schlafzimmers und musste mit anhören, wie sich seine Frau seinem Freund und Partner hingab. Und mit welcher Geilheit sie es tat! Bei mir hat sie nie so wollüstig gestöhnt. Ich liege noch nicht unter der Erde, und sie treiben es in meinem Bett. Sie feiern meinen Tod wie einen Sieg. Ich musste erst sterben, um die Wahrheit zu erkennen: Niemand liebt mich. Welch tödliche Wahrheit meines eigenen Versagens. Mein einziges Kind hasst mich. Meine Frau liebt einen anderen. Und das schon seit einem Jahr. Sie haben darauf gewartet, dass ich verrecke. Das Herz schlug ihm bis zum Hals. Da waren wieder diese bösen Stiche in der linken Brust. Er spürte, wie der Tod nach ihm griff. Der Schweiß lief ihm in die Augen.

Das hier ist nicht mehr mein Haus, dachte er. Angst, überfiel ihn, Empörung, Verzweiflung und Zorn. Das Spiel ist aus!

Die Stiche in seiner Brust wurden heftiger.

Plötzlich wusste er, was er zu tun hatte.

Das Schloss zum Leichenkeller bereitete ihm nur wenig Mühe. Er entkleidete sich und brachte die Wäsche zurück in die Kleiderkammer, aus der er sie entnommen hatte.

Als er wieder nackt auf der Bahre lag, spürte er bereits die Wirkung der Schlaftabletten, die er daheim im Badezimmer eingenommen hatte. Es waren so viele, dass er nicht noch einmal aufwachen würde.

Nein, nicht noch einmal, dachte er. Aber meine Rückkehr aus dem Reich der Toten war notwendig, um Ordnung in mein Leben zu bringen. Ordnung und Gerechtigkeit – waren sie nicht das Fundament aller Zivilisation?

Langsam dem Leben entgleitend, liefen noch einmal die Bilder der jüngsten Ereignisse vor seinem inneren Auge ab. Wie in einem Film sah er sich in das Zimmer seines Sohnes gehen. Er öffnete ein Schubfach und entnahm ihm den Revolver. Er erlebte noch einmal das Entsetzen in ihren Augen, als er das Schlafzimmer betrat. Der Junge würde ein Problem haben, wenn sich herausstellte, dass sie mit seinem Revolver erschossen worden waren. Und keiner käme auf den Gedanken, im Leichenschauhaus nach einem Täter zu suchen, der schon zwei Tage vor dem Doppelmord verstorben war.

Engel sind überall

Gegen Mitternacht erreichte der Güterzug das Alpenvorland. Ächzend quälte er sich die Hänge empor. Lokomotivführer Lehmann und sein Heizer Luigi Calvatello starrten schweigend in die Nacht. Der Himmel war bewölkt, aber die Sicht war klar.

Sie passierten jetzt eine ganze Serie von unbeschrankten Bahnübergängen, die die Bergdörfer mit ihren Wiesen verbanden.

»Hier haben wir letztes Jahr eine Kuh zu Hackfleisch verarbeitet«, sagte Calvatello. »Wir kamen von oben durch den Tunnel. Da stand das blöde Vieh auf den Gleisen. Ich sage dir, es gab einen Schlag, als wenn du eine Motte mit der Fliegenklatsche erwischst. Die Lokomotive war so mit Blut und Gedärm besudelt, dass wir sie waschen mussten. Die Reisenden auf der nächsten Bahnstation wären in Ohnmacht gefallen. Ich habe gar nicht gewusst, dass eine Kuh so viel Blut hat.«

»Besser ein Vieh als ein Mensch«, sagte Lehmann. Er entzündete seine Pfeife neu und erinnerte sich: »Es war am Ostermontag 58. Ich fuhr die Strecke Wuppertal – Essen mit Kohle und Grubenholz. Wie ich aus einer bewaldeten Linkskurve komme, sehe ich plötzlich vor mir auf den Gleisen Menschen in bunten Frühlingskleidern, Kinder und einen kleinen Hund. Ich bin auf die Bremse gegangen, dass ich dachte, ich geh von den Schienen. Die Bremsen quietschten, als hätten wir ein Schwein überfahren.

Mitten auf dem Bahnübergang brachte ich die Lok zum Stehen. Die Menschen flohen wie die Hühner.

Beide Schranken waren hoch. Die Tür zum Bahnwärterhaus stand offen. Der Schrankenwärter kniete neben dem Stellwerk vor einem Kruzifix und betete. Er schaute erst auf, als wir ihn anschrien.

»Es konnte nichts passieren«, stammelte er. »Ich habe doch gebetet.«

»Vielleicht hatte er recht«, sagte Calvatello. Er trug ein goldenes Kreuz um den Hals.

Der Güterzug donnerte über eine Brücke. Die blechernen Tankwagen dröhnten wie Trommeln. Die Männer schwiegen. Unten im Tal glitzerte das silberne Band eines Baches. Es roch nach frisch gemähtem Gras. Sie flogen an einem schlafenden Dorf vorüber. Eine einsame Lampe schaukelte im Wind. Der schwarze Schlund eines Tunnels verschluckte sie. Nässe tropfte von den Höhlenwänden. Die Scheinwerfer huschten über das Felsgestein. Der Berg spie sie wieder aus. Telegrafenmasten huschten wie Zaunlatten vorüber. Eine Brücke hüpfte über sie hinweg. In der Ferne leuchtete Schnee. Dann tauchten sie in den nächsten Tunnel ein. Er war krumm wie eine Banane. Der Blick reichte nur fünfzig Meter weit. Der Ausgang war nicht zu erkennen.

»Madonna«, schrie Calvatello. Die Augen traten ihm aus dem Kopf. Er bekreuzigte sich. Und jetzt sah es auch

Lehmann: Vor ihnen auf der Strecke stand ein Engel. Oder schwebte er? Größer als ein Mensch mit wallenden Gewändern breitete er beschwörend die Arme aus, bewegte die Engelsflügel, als wollte er sie warnen, aufhalten. Lehmann ging voll auf die Notbremse.

Die Räder kreischten, glühten, spien Funken. Die Männer wurden nach vorn geschleudert. Calvatello schlug mit der Stirn gegen den oberen Fensterrahmen, verlor die Brille, fluchte. Fünf Schritte vor dem herabgestürzten Gestein blieb der Zug fauchend stehen. Auf einer Strecke von zwanzig Metern hatten sich Teile der Felsdecke gelöst. Brocken größer als Kühe lagen auf den Gleisen.

»Scheiße«, sagte Lehmann. Mehr brachte er nicht heraus. Er lehnte mit angstgelähmten Beinen an der Wand des Führerhauses und versuchte die Vorstellung zu verdrängen, was passiert wäre, wenn sie mit voller Fahrt in diese Lawine mitten im Tunnel gerast wären. »Hackfleisch«, dachte er. »Um ein Haar, und wir wären jetzt Hackfleisch.«

Calvatello betete laut und mit geschlossenen Augen. Er sprach Italienisch. Der andere kletterte von der Lok auf die Gleise, um sich zu entleeren. Ausgestandene Angst ist ein todsicheres Abführmittel. Er kannte das aus dem Krieg. Als er sich niederhockte, sah er wieder den Schatten des Engels. Die mächtigen Schwingen bewegten sich geisterhaft beschwörend. Calvatello warf sich auf die Knie. Im rechten Scheinwerfer der Lokomotive zappelte ein kleiner gefangener Nachtfalter. Die Lampe warf seinen vergrößerten Schatten auf die Felswand.

Das Meisterwerk

Gewitterwolken ballten sich über der Stadt. Jenseits der Berge zerriss ein Wetterleuchten die Finsternis. Seine Blitze spiegelten sich in dem schlammigen Fluss. Der Sturm erwachte wie ein junger Hund. Er schüttelte die Schatten der Zypressen; tollpatschig noch und zögernd jagte er durch die engen Gassen, wirbelte Staub und Unrat vor sich her, rüttelte an Türen und Fensterläden und fuhr fauchend und jaulend in die kalten Kamine.

An der Piazza San Sebastiano brannte in den Turmfenstern eines schmalen Hauses noch Licht. Der Schatten eines alten Mannes lag über geöffneten Folianten. Der Alte war so vertieft in seine Studien, dass er das Poltern an seiner Haustür erst beim zweiten Mal wahrnahm. Mit dem Harzlicht in der Hand stieg er die Stufen hinab.

Jemand klopfte, als sei der Teufel hinter ihm her.

»Wer da?«, fragte der Alte.

»In Gottes Namen, macht auf!«, keuchte eine atemlose Stimme. »Macht auf, Meister, ich bin's, Giuliano di Villana, der Sekretär des Herzogs.«

Ein Riegel wurde zurückgestoßen. Die rostigen Angeln der Tür quietschten qualvoll. Der Wind fuhr ins Treppenhaus und löschte das Licht. Der späte Gast atmete wie ein gehetztes Wild: »Der Herzog schickt mich.

Ihr müsst sofort zu ihm kommen, mit Euren Farben und Eurer Leinwand. Rasch, beeilt euch!«

»Um diese Tageszeit?«, fragte der Alte ungläubig. »Mit meinen Farben?« Kopfschüttelnd tastete er sich die finstere Treppe empor und kramte seine Gerätschaften zusammen. Barhäuptig folgte er dem Sekretär, der mit wehendem Mantel und wippendem Degen vor ihm her hastete. Ihre Schritte hallten auf dem Pflaster der winkligen Gassen. Ratten kreuzten ihren Weg, huschten erschreckt davon, wurden von den Rissen der Stadt verschluckt.

Durch eine Hintertür gelangten sie in den Palazzo. Sie überquerten den Innenhof und stiegen eine schmale Wendeltreppe empor. Giuliano öffnete ohne anzuklopfen die Tür zu den herzoglichen Privatgemächern. Er ließ den Alten eintreten und folgte ihm. Die Kerzen in den Kandelabern flackerten beim Schließen der Tür. Ihre Schatten bewegten sich in den Damastvorhängen, als wäre der Sturm in die Faltenwürfe gefahren. Auf einem breiten Bett lag der nackte Körper einer jungen Frau. Davor kniete mit dem Rücken zur Tür die hagere Gestalt des Herzogs. Er streichelte ihr Haar. Zögernd trat der Alte an das Bett, wie ein Arzt, den man zu spät gerufen hat. Die Frau war seit mindestens acht Stunden tot. Die Leichenstarre war noch nicht eingetreten. Der blasse Leib leuchtete auf der Zobeldecke wie polierter Marmor. Sie lag auf dem Rücken, den Kopf und die Knie leicht zur linken Seite gedreht. Ihr aufgelöstes Haar leuchtete im Kerzenschein wie chinesische Seide. Entspannt wie ein schlafendes Kind lag sie auf dem Bett. Aber da waren die Würgemale auf dem weißen geschmeidigen Hals. Man hatte ihr den Kehlkopf zerbrochen. Die Tote war eine Gherardini. Lisa Gherardini.

Jeder Mann in der Stadt kannte sie. Man bewunderte ihre Anmut. Sie war die Gattin des Bartolomeo di Zanobi del Giocondo. Die Gherardinis gehörten zu den angesehenen Familien der Stadt. Sie waren ein stolzes Geschlecht mit heißblütigen Töchtern und noch heißblütigeren Söhnen. Neapel war ihre Heimat: Die Tote auf dem Bett des Herzogs würde eine Familienfehde ohne Ende auslösen. Blut würde fließen, viel Blut.

Niemand sprach. Die Stille war unerträglich. Lautlos verbrannten die Lichter ihr Wachs. Endlich erhob sich der Herzog, so als sei er aus einem tiefen Schlaf erwacht. »Tot«, flüsterte er, »tot, tot. Ich habe sie erwürgt. Ich liebe sie. Jetzt gehört sie mir ganz allein.« Er lachte.

»Er ist wahnsinnig«, dachte der Alte: Ihn fror.

»Sie fehlte mir am meisten, wenn sie bei mir war«, sagte der Herzog. Er sprach zu sich selbst. »Sie hat mir nie gehört. Sie lebte hinter einer gläsernen Tür, zu der ich keinen Schlüssel besaß. Nun wird alles gut.«

Er küsste sie. Und dann, als sei er vollends erwacht, blickte er zu dem alten Mann in seinem Schlafgemach. Er sagte: »Sie ist nicht tot. Ich werde sie unsterblich machen, und Ihr werdet mir dabei helfen. Ihr werdet sie malen. Schaut sie Euch an.« Er nahm den Alten bei der Hand und führte ihn um das Totenbett herum.

»Schaut sie Euch an. Habt Ihr jemals vollendetere Anmut unter der Sonne gesehen? Ihr werdet sie malen, ohne eine Feinheit hinzuzufügen. Ich will sie so, wie sie ist. Ich zahle Euch, was Ihr fordert. Wo sind Eure Farben? Bringt ihm eine Staffelei! Er muss sofort beginnen. Margeriten muss man malen, bevor sie verwelken.«

Der Alte wollte protestieren. Malen bei diesem Licht? Unmöglich! Künstler sind kein mechanisches Spielzeug … Langsam legte sich die Leichenstarre über den toten Leib. Die Finger krümmten sich bereits zu Vogelkrallen. In wenigen Stunden würde diese vollendete Gestalt nur noch ein Übelkeit erregender Kadaver sein. Die junge Frau zerschmolz wie eine Schneeflocke im Licht der Sonne. Der alte Mann nahm die Herausforderung des Schicksals an. Sie bekleideten die Tote, setzten sie in einen Lehnstuhl, ordneten ihr Haar. Mehr Kerzen wurden gebracht. Silberne Armleuchter wurden bewegt, umgestellt, angehoben bis das Gesicht im richtigen Licht lag. Kohlestifte wurden gespitzt, Rötelkreide geschabt.

Als das erste Licht des neuen Tages durch die bleiverglasten Scheiben sickerte, hatte der Alte in seinem Skizzenblock die Vorarbeit vollendet. Aufbau und Anlage standen fest. Auf dem Boden lagen sehr genaue anatomische Studien der Nase und des Mundes, von Haaransatz und Ohren. Am meisten Mühe bereiteten die toten Augen. Glanzlos, gebrochen, kalt und leer starrten sie in die Ferne, aus der noch kein Sterblicher zurückgekehrt ist.

Farbpulver wurden im Mörser zerstoßen, vermischt, Leinsamenöl angerührt. Der Alte arbeitete wie besessen. Er lief mit dem Tod um die Wette. Die Tote zerfiel mit der gleichen Geschwindigkeit, mit der er ihr Abbild auf die Leinwand brachte. Kaum hatte er den warmen Ton ihrer makellosen Gesichtshaut erfasst, da traten auch schon die ersten Leichenflecken sichtbar in Erscheinung, rotblau wie Frostbeulen, schlecht verschorfte Brandwunden, Aussatz.

Soeben hatte er auf der Leinwand dem schlanken Hals letzte Vollendung verliehen, da wurde er plump, unförmig, aufgedunsen vom Gewebewasser der Verwesung. Vor seinen Augen zerfielen die feinen, fast zerbrechlichen Linien ihrer Anmut. Wohlklänge zerbrachen zu ekelhaften Dissonanzen. Der junge, geschmeidige Leib, dessen verführerische Schönheit die Männer zu Raserei und Mord getrieben hatte, zerfloss zu amorphem Brei. Die Gewitterschwüle und das Feuer der Kerzen beschleunigten den Zerfall.

Das Antlitz auf der Staffelei wurde immer lebendiger, während sein Vorbild verfiel. Doch bevor es dem Alten gelang, den fast beneidenswerten Ausdruck entspannter Glückseligkeit festzuhalten, begann die Totenstarre ihr fratzenhaftes Spiel. Die Mundwinkel hoben sich zu einem wehmütigen Lächeln, einem letzten Lebewohl.

Diesen nur einen Herzschlag langen Augenblick auf der Grenze zum Schattenreich bannte der Alte mit seinem Pinsel. Dann öffneten sich langsam die Lippen, legten die Zähne frei bis über das Zahnfleisch wie bei einer tollwütigen Ratte, einem feixenden Vampir.

Der Alte arbeitete wie besessen den ganzen Tag und die folgende Nacht hindurch. Er hatte seine Umwelt vergessen. Über der Stadt tobten Gewitter.

Er hörte sie nicht. Kerzen wurden entzündet und gelöscht. Er sah sie nicht. Krämpfe schüttelten ihn. Übelkeit sprang ihn an. Fieberschauer verbrannten ihn. Am Ende stürzte er in tiefe Ohnmacht.

Die Tote aber wurde noch in derselben Nacht außerhalb der Stadt im Fluss versenkt.

So malte Leonardo da Vinci die Mona Lisa, Geliebte eines Herzogs und Gattin des Bartolomeo di Zanobi del Giocondo. Seit Generationen stehen staunende Menschen vor dem Bildnis der Gioconda und versuchen ihr rätselhaftes Lächeln zu ergründen. Ich habe dir die Lösung des Rätsels verraten: Aus diesem Antlitz grinst der Tod dich an!

Fastenzeit

Als der Prälat Monsignore Carlo Corleoni am Haus des Priesters Don Abruzzo vorüberging, glaubte er, der Teufel wolle ihn narren. Eine Duftwolke von Gebratenem und Geselchtem umfing ihn: eine nasale Sündenvision. Er blieb stehen, hob die Nase in die Luft wie ein Gefahr witterndes Wild. Der Fleischgeruch blieb. Erschrocken schlug der Prälat ein Kreuz. Ganz ohne Zweifel handelte es sich um eine der vielen Versuchungen, mit denen der Böse die Verzichtübenden quält. Wie konnten am Karfreitag Bratendüfte aus dem Haus des Priesters entströmen? Sie kamen aus dem geöffneten Küchenfenster. Der Prälat trat näher; der Geruch wurde stärker. Wie kann etwas sein, das nicht sein kann? Er wollte es wissen. Die Haustür war unverschlossen. Ohne anzuklopfen trat er ein. Aus der Wohnstube klang Besteckklappern. Mit raschen Schritten durchquerte er den Flur.

»Verzeihung, Don Abruzzo, aber die Haustür war offen.«

»Kommt herein, Monsignore Corleoni«, erwiderte der Priester.

Er saß am Tisch und schnitt sich eine Scheibe von dem Schweinsbraten ab, der vor ihm auf dem Tisch stand. »Leider kann ich Euch nicht einladen, denn Ihr dürft am Karfreitag kein Fleisch zu Euch nehmen. Es sei denn,

Ihr wollt mit ein wenig Schafskäse und Weißbrot vorlieb nehmen.«

Der Prälat lehnte das Angebot mit einer ärgerlichen Handbewegung ab. Wie zur Salzsäule erstarrt stand er da und betrachtete den Priester, der entweder den Verstand verloren hatte oder ein Teil der teuflischen Versuchung war. Don Abruzzo schob sich ein Stück von dem Braten zwischen die Lippen. Er kaute mit offenem Mund und sagte: »Setzt Euch.«

Der Prälat ließ sich auf den am nächsten stehenden Stuhl fallen und suchte nach Worten. Seine Blicke wanderten über den Tisch: Schinkenspeck, Kochwürste, Mortadella und Braten. Der Prälat, ein wohlbeleibter Gourmand, der während der ganzen Fastenzeit nicht dergleichen gesehen oder gar gegessen hatte, spürte, wie ihm das Wasser im Mund zusammenlief, wie die Versuchung Gewalt über ihn gewann. Er schluckte ein paar Mal und sagte:

»Ja, schämt Ihr Euch gar nicht. Sitzt hier am Karfreitag im Anblick des Gekreuzigten dort oben an der Wand und erfreut Euch ohne Rücksicht auf die Leiden des Herrn an den Freuden des Fleisches.«

»Ihr irrt Euch«, sagte der Priester. »Ich erfreue mich nicht an dem Fleisch, ich erleide es.«

»Ihr tut was?«

»Ich erleide es.«

»Wollt Ihr mich verarschen?«, wollte Corleoni fragen. Doch er beherrschte sich und sagte gequält lächelnd: »Ihr scherzt.«

»Nein, keinesfalls. Seht Ihr, Monsignore Corleoni, es

ist so: Ich bin überzeugter Vegetarier und esse das ganze Jahr über weder Fleisch noch Fisch oder Eier. Für mich ist der Verzicht auf Fleisch während der Fastenzeit kein Opfer. Da aber auch ich dem Herrn ein Opfer bringen will, so überwinde ich an diesen Tagen meinen Ekel vor dem Fleisch und zwinge mich, mir die Leichenteile meiner tierischen Freunde einzuverleiben. Wenn Ihr wüsstet, welche Übelkeit mir dieser Kannibalismus verursacht, so würdet Ihr mich nicht schelten, sondern bedauern.«

Kulu Kulu

Herr und Frau Neumann kamen aus Deutschland, genauer gesagt aus Oberbayern. Sie lebten seit vier Jahren in Südafrika, wo er für eine Minengesellschaft arbeitete. Die Neumanns waren ein glückliches Paar. Sie lebten in einem schönen Haus am Rande der Stadt und hatten alles, außer Kinder. Das war ihr Kummer.

Ihr schwarzes Mädchen Tugela dagegen hatte entgegengesetzte Sorgen. Tugela war fruchtbar wie ein Wildkaninchen. In den vier Jahren, in denen sie bei den Neumanns die Fußböden polierte und die Wäsche wusch, hatte sie sich dreimal beurlauben lassen, um prall in ihren heimatlichen Kral zu reisen, wo sie jedes Mal einen gesunden Säugling in die Welt setzte, den sie ein paar Wochen an ihren gewaltigen Brüsten stillte und dann der Obhut ihres Stammes überließ. Eines Tages stand sie dann wieder am Gartenzaun mit blitzenden Zähnen und lachenden Augen:

»Hallo, Madam, *I got a boy*!«

Als wäre es die selbstverständlichste Sache von der Welt, Kinder zu bekommen.

Obwohl die Neumanns jede Menge medizinische Bücher lasen und jeden Abend früh zu Bett gingen, rührte sich bei ihnen nichts. Sie turnten vergeblich. Alle Fruchtbarkeit des Hauses schien sich ausnahmslos auf Tugela zu beschränken. Was lief bei ihnen schief? Was machten sie verkehrt?

Eines Tages kam es daher in der Küche zu einem Gespräch, dessen Folgen ans Wunderbare grenzen sollten. Frau Neumann betätigte die Kaffeemühle, und Tugela schälte Kartoffeln. Da sagte Frau Neumann:

»Sag mal, Tugela, wie machst du das eigentlich, dass du jedes Jahr ein Baby bekommst?«

Die Frage war blödsinnig, aber sie musste über dieses Thema sprechen, und zwar mit einem Fachmann, und das war Tugela weiß Gott. Die Schwarze sah erstaunt auf. Sie lächelte mit kindlicher Unschuld und sagte:

»Mein Freund macht sie mit mir. Er zieht mich aus, und dann nimmt er mich in die Arme. Meistens machen wir es so, dass ich …«

»Nein, nein«, unterbrach sie Frau Neumann mit falscher Scham, was ihrer neugierigen Natur später leidtat. »Du verstehst mich nicht. Ich weiß, wie ihr es anstellt, aber …«

»Aber was?«

»Schau, Tugela, ich möchte auch gerne ein Baby haben.«

»Und der Master will keine?«

»Doch, doch, aber wir bekommen keine.«

»Hat der Master keine Kraft in der Wurzel?«

»Doch, natürlich. Aber wir bekommen trotzdem keine.«

»Ach so ist das.«

Frau Neumann drehte die Kaffeemühle, und Tugelas Messer schabte über die nassen Kartoffeln.

»Mit Matamagena war es genauso«, sagte Tugela.

»Wer ist Matamagena?«

»Das ist meine älteste Schwester. Sie bekam auch keine Kinder, obwohl sie an manchem Abend drei jungen Männern hintereinander die Kraft aus den Lenden saugte, blieb ihr Schoß ohne Frucht. Es war schlimm. Dann ist sie zu Kubanela gegangen.«

»Wer ist Kubanela?«

»Kubanela hat den größten.«

»So?«, sagte Frau Neumann, der es schon leidtat, dieses Gespräch vom Zaun gebrochen zu haben.

»Kubanela hat den größten Zauber von allen. Er ist der Medizinmann meines Stammes. Keiner kann, was er kann. Er hat Matamagena einen Kulu Kulu gegeben. Zwei Monate später war sie schwanger. Aber es geschah ein Unglück.«

»Warum? Hatte sie eine Fehlgeburt?«

»Nein, schlimmer. Sie bekam Zwillinge.«

»Aber warum ist das ein Unglück?«

Frau Neumann vergaß vor Erstaunen weiterzumahlen.

»Zwillinge sind ein Fluch der Dämonen. Einer von beiden ist ein Teufel, und da wir nicht wissen welcher, so lassen wir beide nicht leben. Wir legen sie in die Sonne und begraben sie bei Nacht.«

Es entstand eine längere Pause. Dann fragte die Hausfrau: »Was ist ein Lululu?«

»Kulu Kulu«, verbesserte Tugela. »Das ist eine Holzfigur aus der Wurzel eines alten Affenbrotbaumes. Wenn man die Wurzel bei Neumond ausgräbt und mit einem Messer beschnitzt, an dem das Blut einer weißen neugeborenen Ziege klebt, so gibt sie Fruchtbarkeit. Holt man sie ins Haus, so bekommt man Kinder. Der Zauber ist sehr stark und wirkt immer.«

»Auch bei Weißen?«, fragte Frau Neumann ungläubig.

»Sogar bei Hunden und Schweinen«, sagte Tugela.

Sie steckte sich den Zeigefinger in den Mund. Sie schob ihn zwischen den breiten feuchten Lippen tief hinein und zog ihn schmatzend wieder heraus.

»Nur einmal so«, sagte sie, »und du hast ein Baby.«

Als Tugela das nächste Mal von ihrem Stamm zurück-kehrte – sie hatte ein strammes Mädchen zur Welt ge-bracht –, da kramte sie aus ihrem Reisepappkarton eine kleine schwarze Figur hervor. Der Kulu Kulu war etwa zwanzig Zentimeter groß. Der Dämon hatte den Ober-körper einer Frau und einen männlichen Unterleib. Der pralle Bauch und die schweren Brüste standen in fremd-artigem Gegensatz zu dem riesigen Penis.

Frau Neumann nahm die Skulptur mehr neugierig als gläubig und steckte sie unter ihre Doppelmatratze, wie ihr Tugela geraten hatte. Dort lag sie nicht einmal zwei Monate, dann geschah das Unglaubliche:

Frau Neumann war schwanger!

Natürlich glaubte sie nicht an die Zauberkraft des Kulu Kulu. Es war halt geschehen, was bei allem ehelichen Fleiß irgendwann einmal geschehen musste. Sie hatte die kleine Holzfigur längst vergessen. Sie war glücklich, auf-geregt und voller Pläne.

Dann kam der große Tag. Als Herr Neumann sie aus der Klinik nach Hause holte, trug sie Zwillinge im Arm. Tugela stand an der Gartenpforte. Sie betrachtete die Ba-bys und sagte: »Der Zauber hat gewirkt.«

Es wurde Frühling, Sommer, Herbst und Winter, und es war eigentlich an der Zeit, dass Tugela zu ihrer jährlichen Niederkunfts-Heimreise aufbrach. Stattdessen wölbte sich Frau Neumanns Bauch, und man sah ihr an, dass dieser Zustand sie nicht mehr so beglückte wie im Vorjahr.

Eines Morgens in der Küche fragte Tugela:

»Wo ist eigentlich der Kulu Kulu?«

»Was? Ach so ja, der ist irgendwo zwischen meinen Sachen im Schlafzimmer. Warum fragst du?«

»Solange der Kulu Kulu im Haus ist, wirst du regelmäßig wie ein Wildkaninchen schwanger werden. Vielleicht sind es wieder Zwillinge. Der Zauber ist stark.« Sie schob sich genüsslich den steifen schwarzen Zeigefinger zwischen die angefeuchteten Lippen.

»Nur einmal so, und du hast ein Baby.«

Ein paar Tage später verschickte Frau Neumann die kleine kunstvoll geschnitzte Holzfigur in einem Weihnachtspaket an ihre Mutter nach München. Die alte Dame war zweiundsiebzig. Der Fruchtbarkeitszauber des Kulu Kulu würde bei ihr wohl kaum noch wirken.

Kurz nach Ostern erhielten die Neumanns einen Brief aus München. Darin schrieb die alte Dame, ihr Dackel sei gestorben, bei der Geburt von fünfzehn Jungen. Die seltsame Holzfigur habe sie einer jungen katholischen Ordensschwester geschenkt, die sich sehr liebevoll um sie bemüht habe.

»Ich hoffe, ihr habt nichts dagegen.«

Liebestod

Während eines Fluges von Toledo nach Bilbao saß ich neben einem alten Herrn, der ganz so ausschaute, wie man sich als Deutscher einen Spanier vorstellt. Seine Koteletten, jetzt eisgrau, reichten hinab bis zu den Kinnbacken. Von gleicher Farbe der sauber gestutzte Schnurrbart unter der langen geraden Nase. Raubvögel haben so wachsame, ausdrucksstarke Augen. Eingebettet in unzähligen Fältchen blitzten sie mit seinen dritten Zähnen um die Wette. Er bekaute die gezwirbelten Spitzen seines Schnurrbartes und las dabei in einer Tageszeitung, die in ihrer Schlagzeile vom Selbstmord einer jungen Schauspielerin berichtete. Darunter auf einem Foto war ihr Gesicht abgebildet, ein sehr schönes Gesicht.

Es gehört nicht zu meinen Gepflogenheiten, in den Zeitungen anderer Leute mitzulesen. Aber dieses Foto lenkte meine ganze Aufmerksamkeit auf sich. Der Señor bemerkte es und sagte:

»Eine traurige Angelegenheit.«

»Weiß man, warum sie es getan hat?«

»Aus Liebe natürlich. Gibt es einen anderen Grund, wenn man so jung und so schön ist?«

»Wie kann man sich aus Liebe töten? Sie meinen gewiss aus Verzicht, weil man nicht bekommt, was man will.«

»Manchmal auch, weil man bekommt, was man sich mehr als alles andere gewünscht hat.«

Er sagte das so, dass ich ihn erstaunt und fragend anschaute. Und er wäre kein Spanier gewesen, wenn er mir nicht seine Geschichte erzählt hätte.

»Es ist fast ein halbes Jahrhundert her. Damals war Spanien noch Spanien; Männer waren noch Männer und Frauen Frauen.

Sie war so schön wie die Señorita auf dem Foto hier, aber blond und von Adel. Ich nannte sie Comtessa, denn sie war die Tochter eines englischen Earls. Sie hatte Musik studiert und arbeitete an einem Buch über spanische Tänze.«

Der Alte strich sich über seinen Bart und sagte: »Ich war ihr Begleiter. Nun, um der Wahrheit die Ehre zu geben, ich war ihr Chauffeur, denn es war damals noch nicht üblich, dass junge Frauen allein mit ihren Automobilen die Landstraßen verunsicherten. Aber ich war mehr als ihr Chauffeur. Ich war ihr Dolmetscher, Reiseführer, Krankenpfleger und Beschützer. Vor allem war ich ihr größter Verehrer.

Von Tarragona kommend fuhren wir in ihrem Bentley die katalanische Küste entlang. Der Tag war heiß gewesen. Nun, als wir uns den Pyrenäen näherten, bezog sich der Himmel, und es wurde kühl und begann zu regnen. Die Berge wurden höher und die Straßen schlechter. Ich hatte einen Weg genommen, der auf der Autokarte wie eine Abkürzung aussah, der sich aber dann in endlosen Windungen durch felsiges Gebirge wand. Bei strömendem Regen quälten wir uns durch menschenleere Dörfer, deren Häuser wie Wespenwaben über dem Abgrund hingen. Nicht weit von der Grenze nach Andorra erreichten wir einen etwas größeren Ort. In einem alten Belle-Époque-Hotel fanden wir recht komfortables Quartier. Und hier begegneten wir ihm.

Er hieß Juan Belmonte und war ein junger Tänzer, der von Ort zu Ort reiste, um dort in Hotels und Restaurants aufzutreten. Der Junge tanzte nicht nur mit ungewöhnlicher Meisterschaft, er sah auch unverschämt gut aus. Ein typischer Kastilianer mit Zigeunerblut in den Adern. Seine Hosen saßen wie eine zweite Haut auf den schlanken Hüften. Volles, blauschwarzes Haar umwehte seinen Kopf wie eine Mähne. Ein alter Herr begleitete ihn auf einer Gitarre. Er selber aber war der Fleisch gewordene Rhythmus, aus Stampfen, Klatschen und Kastagnettenklang. Ein getanzter Feuersturm aus Flamenco, Fandango im Dreiachteltakt und im wilden Trippelschritt der Seguidilla.

Er hat sie gleich am ersten Abend in seinen Bann geschlagen. Es war Liebe auf den ersten Blick. Wir buchten auch für den nächsten Tag, an dem wir eigentlich unsere Fahrt fortsetzen wollten, einen Tisch an der Tanzfläche. Wie hypnotisiert saß sie da und verfolgte jede seiner Bewegungen mit wachsendem Erstaunen. Als er noch am selben Abend abreiste, bat sie mich herauszufinden, wohin. Von da an reisten wir ihm nach.

Sie war ihm verfallen.«

Der alte Spanier zwirbelte seinen Schnurrbart und meinte: »Mit dem Flamenco ist es wie mit der Corrida. So wie das Wesentliche des Stierkampfes nicht darin besteht, den Stier zu töten, sondern die Kampfbereitschaft des wilden Tieres so zu leiten, dass es sich dem menschlichen Willen unterordnet, so geht es auch beim Flamenco wie bei der Balz um Werbung, Verführung und Unterwerfung.

Die Comtessa begann aufzublühen wie ein Mandelbäumchen zu Santa Barbara. Es war, als wäre ein Licht in ihr entzündet worden. Ihre Augen, ihre Lippen, ihr Lachen, alles begann zu leuchten. Ich hätte die Gefahr erkennen müssen. Stattdessen erfreute ich mich an ihrem Glück.

Natürlich war auch dem Jungen nicht entgangen, dass wir ihm nachreisten, dass wir, wo immer er auch auftrat, dicht bei der Tanzfläche auf ihn warteten. Aber er tat so, als nähme er uns nicht wahr. Zur Schau gestellter unnahbarer Stolz ist ein wesentlicher Bestandteil dieser alten iberischen Tänze. Sie strotzen geradezu von Stolz und machohafter Arroganz. Für den Tänzer existieren die Anwesenden nicht. Er ist die Flamme über der Glut, die um ihrer selbst willen brennt.

Er nahm die Frau, die ihn liebte, nicht wahr oder wollte sie nicht wahrnehmen. Wahrscheinlich, so sagte ich mir, interessierte er sich wie viele Tänzer mehr für Männer als für Frauen.

Wer die Liebe kennt, weiß, dass nichts so sehr unser Begehren weckt wie Nichtbeachtung oder Verweigerung. Meine Comtessa litt, wie nur Liebende zu leiden vermögen.

Mein Gott, sie war ja noch so jung und zerbrechlich. Wenn man sie aufhob, war sie leicht wie eine Feder.

Und dann geschah, was keiner von uns beiden für möglich gehalten hätte. Es war in Saragossa, eine mondhelle Nacht im Garten des Parkhotels Eboli. Juan Belmonte hatte seinen ersten Auftritt mit großem Applaus hinter sich gebracht, als er an unseren Tisch trat, sich verneigte und die Comtessa bat, ihn bei seinem nächsten Tanz zu begleiten.

Sie wurde so blass, wie ich sie noch nie erlebt hatte. Alles Blut schien von ihr gewichen. Sie wollte etwas erwidern, brachte aber keinen Laut hervor.

Der Junge hatte sich tief zu ihr hinabgebeugt. Zum ersten Mal schaute er sie so an, als habe auch er sich in sie verliebt. Komm, Bella, bat er. Bitte komme und tanz mit mir.

Sie schüttelte ihren schönen Kopf. Der Junge, der das für Scham oder mädchenhafte Verlegenheit hielt, streckte ihr beide Hände entgegen und bat sie noch einmal, ihm zu folgen: Es ist ganz leicht. Ich führe dich. Du brauchst keine Angst zu haben. Bitte.

Die Comtessa schüttelte verneinend ihren Kopf. Er griff nach ihr. Sie riss sich los und schrie: Nein. Die Umsitzenden begannen zu tuscheln und zu kichern.

Der Junge, dem dergleichen wohl noch nie passiert war, fühlte sich in seiner Mannesehre verletzt, der Lächerlichkeit preisgegeben. Er sagte mit wegwerfender Handbewegung etwas Herabsetzendes, mit dem er die Lacher auf seine Seite brachte. Er genoss den Triumph und machte noch einmal eine wegwerfende Handbewegung in Richtung unseres Tisches. Merluza, sagte er. Merluza ist ein hässlicher Fisch, ein dickköpfiger

Seehecht. Merluza sein heißt aber auch betrunken sein. Und ein Merlo ist ein Dummkopf. Die Comtessa sprach genügend Spanisch, um zu wissen, was eine Merluza ist.

Starr wie eine Puppe saß sie auf ihrem Stuhl. Irgendetwas Lebenswichtiges war in ihr zerbrochen.

Der Junge kehrte zur Tanzfläche zurück und würdigte uns keines Blickes mehr.

Der alte Herr wischte sich eine Träne aus dem Augenwinkel.

»Aber warum hat sie ihm einen Korb gegeben?«, fragte ich.

Er überhörte meinen Einwand und sagte:

»Als ich sie am Ende der Tänze auf ihr Zimmer trug, glühte sie wie in Fieberschauern. Am anderen Morgen war sie tot. Schlaftabletten …«

»Sie haben sie auf ihr Zimmer getragen?«

»Ja, ich habe sie immer getragen. Vor jeder Flamenco-Veranstaltung habe ich sie an ihren Platz getragen. Sie hatte gelähmte Beine. Vielleicht hat sie deshalb den Tanz so geliebt. Sie hatte sich nichts so gewünscht wie das, was ihr an ihrem letzten Abend gewährt wurde. Ihr Unglück war, dass sie bekam, was sie wollte.«

Der Dornröscheneffekt

Neulich habe ich in einem Altenheim einen weiß-haarigen Herrn behandelt. Auf meine Frage, ob er schlafen könne, erwiderte er, er habe ein todsicheres Schlafmittel erfunden.

»Dann wären Sie ein reicher Mann«, lachte ich. Er aber erwiderte: »Es ist wie mit der Atomspaltung. Professor Hahn glaubte, er würde eine neue Energiequelle erschließen, und dann wurde eine Waffe daraus.«

Er begegnete meinem ungläubigen Blick, und so als wollte er sich rechtfertigen, begann er zu erzählen:

»Kein anderes Sinnesorgan übt so gewaltige Macht auf den Menschen aus wie das Ohr. Die Stimme eines Hypnotiseurs vermag denkende Menschen in willenlose Werkzeuge zu verwandeln. Jesus und Hitler haben die Welt nicht mit ihrem Aussehen verändert, sondern mit ihrer Stimme. Menschen werden zu Massen, die zu allem bereit sind. Wenn Sie jemals in einer Disco waren, wissen Sie, was ich meine. Junge Rebellen bewegen sich so hirnlos wie die Kolben eines Verbrennungsmotors, willenlose Opfer der Rhythmen. Musik brauchte keine Übersetzung wie Sprachen. Wagner jagt Japanern wie Texanern mythischen Mumm in die Knochen. Orgel-klang macht sie gottgläubig. Selbst die Ratten von Ha-meln ließen sich von einer Flöte verführen.

Was sind dagegen Bilder? Bilder verblöden. Das sieht man doch beim Fernsehen und in unseren Illustrierten. Ich weiß, wovon ich spreche. Ich habe mich ein Leben lang damit befasst, vor allem nachts. Ich leide nämlich an Schlaflosigkeit. Oder richtiger: Ich habe darunter gelitten. Laut Statistik gibt es allein in Deutschland dreimal so viele Schlaflose wie Arbeitslose. Wenn sich Wiegenkinder in den Schlaf singen lassen, so muss das auch mit Erwachsenen möglich sein, sagte ich mir.

Als gelernter Toningenieur befasste ich mich mit narkotischen Klängen und entwickelte ein somnambules Computerschlafprogramm, das ich an Labormäusen testete und ständig verfeinerte. Ich fühlte mich wie Sigmund Freud und Albert Einstein in einer Person.

Und dann war es endlich soweit. Ich arbeitete als Toningenieur bei einem kleinen Regionalsender. Der Pfarrer, der das Wort zum Sonntag sprach, hatte mich gebeten, dezente Hintergrundmusik zu spielen. Das war der richtige Moment, meine somnambulen Einschlafklänge abzuspulen. Wie die Säuglinge würden sie vor ihren Radiogeräten in ihren guten Stuben entschlummern. Ein Dornröschenschlaf würde sich über die hektische Welt senken. Wie heißt es doch im Weihnachtslied: ... Alles schläft, einsam wacht.«

Der Alte schwieg und blickte mich traurig an.

»Und wie ging es weiter?«, wollte ich wissen.

»Es erging mir wie den Erfindern der Atombombe. Sie glaubten, eine neue Energiequelle gefunden zu haben zum Wohle der Menschheit und schufen Zerstörung.«

»Wieso Zerstörung?«

»Ich hatte die Autoradios vergessen. Es gab in jener Nacht fast vierhundert Verkehrsunfälle. Wie gesagt, es war nur ein kleiner Regionalsender, andernfalls … Es ist nicht auszudenken. Aber bitte, verraten Sie mich nicht.«

Der Möwenmörder

Jeder kennt Venedig, aber wer kennt schon Grado, die venezianische Tochterstadt im Golf von Triest?

Falls Sie jemals hierherkommen, so sollten Sie sich der Stadt vom Meer her nähern. Wie eine Fata Morgana taucht das alte Gemäuer aus dem Dunst der Lagune auf. Das Wasser ist schlammig und flach wie das friesische Wattenmeer. Schiffe vermögen sich nur in engen, ausgebaggerten Straßen zu bewegen, die mit Reisigbesen markiert sind. Wer hier vom Weg abkommt, bleibt im Schlamm der Lagune stecken.

Umso froher war ich, als ich nach Einbruch der Dunkelheit das Leuchtfeuer des kleinen Hafens dicht vor mir entdeckte. Die Bora, vor der ich hierher geflohen war, hatte inzwischen die Windstärke vier erreicht. Seit zwei Stunden fuhr ich ohne Segel mit laufendem Motor, ständig in Sorge, die Straße zu verlieren und im Schlamm zu enden.

An der Mole lagen vier Jachten, alle größer als mein Boot. Ich warf Buganker und legte mich leewärts neben einen Zweimaster mit italienischem Hoheitszeichen. Der Sturm staute die Wellen zu beachtlicher Höhe. Ich war heilfroh, als ich ohne Schaden Achterleinen, Vorleine und Fender festgemacht hatte. Mit einer Mannschaft ist das kein Problem, aber wenn man wie ich allein durch die Gegend schippert, so weiß man mit nur zwei Händen nicht, was man zuerst erledigen soll. Als der Kahn endlich festlag, wusste ich es. Ich genehmigte mir einen doppelten Whisky aus der Flasche. Meine Glieder waren steif und schmerzten. Ich war nass und fror. Von allen Möglichkeiten zu reisen ist Segeln mit Abstand die unbequemste. Ich war so müde, dass ich angezogen einschlief.

Ein Schrei schreckte mich aus dem Schlaf. Hatte ich geträumt? Ich wagte nicht zu atmen. Ein Schrei zerriss die Stille, der Schrei eines Tieres, einer gemarterten Katze. Oder war es ein Kind?

Ich sprang aus dem Bett. Stieß mir den Kopf blutig. Suchte die Taschenlampe. Vergeblich. Da war der Schrei wieder. Es war ein Todesschrei. Mir gefror das Blut. Aufhören! Das ist ja entsetzlich. Ich tastete mich zum Aufgang.

Als ich mich ins Freie zwängte, war es totenstill. Im Osten sickerte blutig die Morgenröte über den Horizont. Nichts war zu hören. Nur die Wellen schlugen gegen den Bug. Hatte ich geträumt? Ich wartete mit angehaltenem Atem. Nichts. Auf keinem der Schiffe brannte Licht. Wie große tote Fische lagen sie auf dem Wasser. Außer mir schien niemand etwas gehört zu haben. Die Kälte trieb mich zurück in meine Koje. Aber ich fand keinen Schlaf mehr.

Als die Sonne in die Kabine schien, zog ich mich an. Ich machte mir Tee und stellte fest, dass ich dringend neuen brauchte. Meine Einkaufsliste war ohnehin zwei Seiten lang, und so ging ich an Land, denn die Händler auf den Märkten in Italien öffnen ihre Stände kurz nach Sonnenaufgang.

Auf der Jacht backbord von mir schien noch alles zu schlafen. Ein stolzes Boot. Deckplanken und Maste waren aus warmem Mahagoni. Die Messingbeschläge schimmerten in der Morgensonne wie Gold. Und dann sah ich die Möwe. Ihre ausgebreiteten Schwingen zitterten im Wind. Schnabel und Augen waren weit aufgerissen. Das Gefieder war blutverschmiert. Irgendjemand hatte sie bei lebendigem Leibe an den Mast genagelt. Ich dachte an den Schrei. Sie haben sie gekreuzigt. Mein Gott, was gibt es nur für Menschen! Mein Magen revoltierte. Ich musste mich abwenden. Sie haben sie wahrhaftig gekreuzigt. Diese Schweine!

Auf dem Platz vor dem Dom hatten die Fischer den Fang der Nacht ausgebreitet: purpurrote Barben mit Flossen wie Blütenblätter, stachelige Koboldfische, blauschleimige Aale, Warzenfische, Muränen und achtarmige Polypen, skurril, wie von Picasso entworfen.

Ich dachte an die Möwe.

Nachdem ich meine Einkäufe erledigt hatte, ging ich hinüber zum Dom. Eine alte Frau kniete vor dem Altar. Ihr Haar schimmerte im flackernden Kerzenlicht wie Meerschaum. Es roch nach Weihrauch und Bohnerwachs. Mein Blick fiel auf den Gekreuzigten. Ich musste an die Möwe denken.

Am großen Kanal sah ich den Möwen zu. Wie Seerosen schaukelten sie auf dem schmutzigen Wasser. Jemand warf ihnen ein Stück Brot zu. Pfeilschnell flogen sie der Beute entgegen. Ein gelber Schnabel schnappte sie noch in der Luft. Die Leerausgegangenen beschimpften krächzend ihr Missgeschick.

Wie kann jemand eine Möwe an den Mast seines Schiffes nageln? Der Gedanke ging mir nicht mehr aus dem Kopf. Natürlich, die meisten Bootseigner mögen die Möwen nicht. Die Seevögel übernachten mit Vorliebe auf den festgemachten Schiffen. Mit ihrem Kot besudelten sie das ganze Deck. Aber ist das ein Grund, sie zu kreuzigen? Zwei Eimer Wasser, und das Deck ist wieder klar. Der Kerl neben mir musste ein unglaublicher Sadist sein.

Als ich zum Hafen zurückkam, sah ich ihn. Mit nacktem Oberkörper hing er in einem Liegestuhl und schlief. Er schlief wirklich, denn er schnarchte. Behaart wie ein großer Affe lag er da, völlig erschöpft. Am frühen Morgen! Müde vom Möwenmorden.

Aber dann sah ich den wahren Grund seiner Müdigkeit. Sie war nackt und drehte mir den Rücken zu. Sie war damit beschäftigt, ihr langes, blauschwarzes Haar zu einem Zopf zu flechten. Ich bewunderte den zarten, zerbrechlichen Schwung der Nackenlinie und den kleinen festen Po. Auf den ersten Blick hielt ich sie für ein Kind, aber dann sah ich ihre Brüste im Profil. Ich hielt den Atem an. Elastisch und spitz wippten sie im Rhythmus der flechtenden Finger. Mit einem Ruck, so als spürte sie meinen Blick auf ihren Brüsten, wandte sie mir das Gesicht zu. Sie sah mich. Ihre Augen weiteten sich vor Angst. Es waren die Augen einer Chinesin oder Japanerin. Drei Herzschläge lang verharrte sie völlig regungslos, vom Schreck gelähmt, dann huschte sie leichtfüßig wie ein scheues Tier davon.

Ich verstaute meinen Proviant, holte die gestrige Eintragung im Logbuch nach und überprüfte den Diesel. Natürlich dachte ich die ganze Zeit über nur an sie. Als ich wieder an Deck stieg, war der Liegestuhl leer. Zwei bärtige Segler von dem weiter backbord liegenden Schoner kamen herüber. Ich lud sie ein, an Bord zu kommen. Sie waren Engländer, Studenten, und wollten trotz der schlechten Wettervorhersage noch heute hinüber zur jugoslawischen Küste. Wir tranken Tee und Rum, sprachen vom Wetter und vom Segeln, von den Zielen, die vor uns lagen, und von den guten und schlechten Erfahrungen in den Häfen, die hinter uns lagen, als die Sprache auf den italienischen Zweimaster neben mir kam.

»Ein brutaler Typ«, sagte der ältere der beiden Engländer, der John hieß und wie Charles Darwin aussah. »Als wir vor einer Woche hier anlegten, war der Hafen voll von Möwen. Dann kam er und räumte auf. Er fängt die schlafenden Vögel mit Schlingen und nagelt sie lebendig an den Mast. Ihre Todesschreie verjagen die anderen.«

»Habt ihr mit ihm gesprochen?«

»Er spricht nur Italienisch und lässt keinen auf sein Schiff. Sie waren zu dritt. Zwei Männer sind kurz nach der Landung mit einem Taxi davongefahren. Seitdem hockt er allein auf dem Schiff, sonnt sich oder killt Möwen.«

Sie erwähnten mit keinem Wort die junge Chinesin. Es war klar, dass er sie versteckt hielt. Vielleicht war sie seine Gefangene. Aber warum hatte ich sie dann so erschreckt? Musste ihr nicht jeder Kontakt mit der Außenwelt als Rettung erscheinen? Oder hatte man sie so eingeschüchtert, dass sie nur noch willenloses Opfer war, eine festgenagelte Möwe?

Der Nachmittag verging, ohne dass sich etwas auf dem Nachbarschiff rührte. Ich war schon der Meinung, sie seien an Land gegangen, während ich mich unter Deck mit den Engländern unterhalten hatte, da bemerkte ich, wie der Zweimaster bei ruhiger See zu schaukeln begann. Die Bewegung war nicht stark. Wenn ich das Boot nicht beobachtet hätte, so wäre sie mir vermutlich gar nicht aufgefallen. Es war so, als wenn sich unter Wasser ein großer Fisch am Kiel den Rücken scheuern würde.

Ich lockerte meine Achterleinen und zog mich so dicht an den Italiener heran, dass ich mein Ohr an seine Bordwand legen konnte.

Ganz deutlich hörte ich das Wimmern einer Frauenstimme, erstickte Schreie, Stöhnen und Röcheln. Das Blut gefror mir in den Adern. Er brachte sie um. Ich wollte mich schon hinüberschwingen, als ein männlicher Schrei an mein Ohr drang, ein wilder, heiserer Aufschrei. Und mit einem Mal durchzuckte mich die Erkenntnis, dass ich nicht der vom Schicksal geschickte Retter war, sondern ein kleiner, mieser Voyeur, der seine Nachbarn beim Bumsen belauschte. Angewidert zog ich mich zurück.

Als ich eine halbe Stunde später an Deck kam, schaukelte der Zweimaster schon wieder. Kein Wunder, dass dieser geile, alte Affe schon morgens schnarchte. Die Kleine war doch noch ein Kind. Ob sie ihn liebte? Wie kann man jemanden lieben, der Möwen kreuzigt?

Obwohl es kühl war, setzte ich mich am Abend demonstrativ nach draußen, vor mir auf dem Tisch eine zollfreie Flasche Bourbon. Die Maiabende waren lang, und ich hatte Zeit. Kurz vor acht ließ er sich endlich sehen.

»Guten Abend. *Good evening*«, rief ich hinüber.

»*Buona sera*«, antwortete er.

»Wie wär's mit einem Drink?«, fragte ich und zeigte auf die noch fast volle Flasche. Er schüttelte verneinend den Kopf: »*Non parlo tedesco.*« Und dann sagte er: »*Buona notte*«, drehte mir den Rücken zu und verschwand im Inneren seines Schiffes.

Ich ging an Land und suchte mir eine Trattoria, wo ich mit ein paar alten Fischern Valpolicella trank.

Ich verstand nur die Hälfte von dem, was sie in gebrochenem Englisch erzählten.

Als ich spät in der Nacht zum Boot zurückkehrte, war der Himmel bewölkt. Die Hafenlaternen waren bereits erloschen. Es war finster wie in einem wasserdichten Seesack. Ich setzte mich ans Heck, um noch eine Zigarette zu rauchen, riss ein Streichholz an, das Licht flammte auf: Für einen kurzen Augenblick sah ich sie. Sie stand hinter dem großen Fenster in der Messe und schaute zu mir herüber. Ein Ausdruck unaussprechlicher Traurigkeit lag auf ihrem Gesicht. Als ich ein zweites Zündholz anriss, war sie verschwunden.

Später im Traum kam sie zu mir. Sie war nackt. Sie beugte sich über mich und streichelte mich mit ihren spitzen Brüsten. Kalt wie ein Fisch war ihre Haut. »Wärme mich«, sagte sie. Ich nahm sie, und sie öffnete den Mund so, als wollte sie schreien. Und dann schrie sie. Es war der Todesschrei einer Möwe. Er riss mich aus meinem Traum. Doch bevor ich erwachte, hörte ich die Stimme des Mannes, ein unterdrückter Fluch. Polternde Schritte. Ein eiserner Gegenstand fiel zu Boden. Dann folgte ein Schlag, so, als ob die Axt in den lebendigen Leib eines Baumes fährt. Ich griff nach meiner Taschenlampe und stürzte nach oben. »Ist da jemand?«, rief ich.

Stille. Nur Wind und Wellen.

Ich knipste die Lampe an. Mitten auf dem Deck wie ein Geist in wallendem Gewand stand die kleine Chinesin. Ihr offenes Haar wehte im Wind. In der rechten Hand hielt sie einen Hammer. Am Mast flatterte eine festgenagelte Möwe. Darunter lag mit dem Gesicht auf den Planken ein Mann. Er röchelte wie ein Erstickender. Ich sprang hinüber. Vor mir lag der Möwenmörder. Sein Schädel war eine einzige blutige Masse. Reglos wie eine steinerne Rachegöttin stand sie neben ihrem Opfer. Ich nahm ihr den Hammer aus der Hand und kniete neben dem Erschlagenen nieder. Man brauchte kein Arzt zu sein, um zu erkennen, dass dem Mann nicht mehr zu helfen war.

»Warum hast du das getan?«, fragte ich angewidert.

Sie antwortete nicht. Mit weit aufgerissenen Augen starrte sie auf die noch lebende Möwe am Mast. Man hatte sie erst vor wenigen Minuten gekreuzigt.

Und mit einem Mal ahnte ich, was geschehen war: Ich sah ihn, wie er den ängstlich flatternden Vogel aus der Schlinge nahm.

»Nein, bitte nicht«, hatte die junge Chinesin gebettelt. »Bitte.«

Er hatte gelacht, sie beiseite gestoßen, zum Hammer gegriffen und den ersten Nagel durch die besonders empfindliche Stelle unter dem Ansatz des zitternden Flügels getrieben. Die Möwe hatte vor Schmerz geschrien. Die junge Frau hatte die Hände gegen ihre Ohren gepresst. »Nein«, schrie sie. »Nein.« Aber schon hatte er den zweiten Nagel in das schreiende Tier geschlagen. Sie hatte sich auf den Mann geworfen. Überrascht von dem unerwarteten Angriff hatte er das Gleichgewicht verloren, war zu Boden gestürzt. Der Hammer war seiner Hand entglitten.

»Na warte«, hatte er geschrien, »dir werde ich es zeigen ...« Doch bevor er wieder auf den Beinen gewesen war, hatte sie den Hammer ergriffen und zugeschlagen, einmal, zweimal, dreimal ...

Ich schaute mich um. Obwohl es inzwischen bereits tagte, schien niemand das Entsetzliche bemerkt zu haben. Friedlich schlafend lagen die anderen Schiffe da. Aus der Richtung des Marktes hörte man die ersten Motorengeräusche der Lieferwagen.

»Wir müssen ihn wegschaffen«, sagte ich. »Komm, hilf mir.« Ich wickelte ihn samt Hammer ins Vorsegel und beschwerte das Paket mit der Ankerkette. Gemeinsam schafften wir ihn hinüber zu mir aufs Boot. Nachdem ich die blutigen Deckplanken sorgfältig gereinigt hatte, löste ich meine Halteleinen, holte den Anker ein und stach in See.

Sie hatte die ganze Zeit kein Wort gesprochen. Schweigsam und scheu wie ein gefangenes Tier kauerte sie auf dem Boden, die Augen voller Angst.

Ich sprach zu ihr wie zu einem Kind, obwohl ich ihr

ansah, dass sie mich nicht verstand: »Mach dir keine Sorgen. Er hat bekommen, was er verdiente. Es war Notwehr. Er war ein brutales Schwein, ein Sadist, einer, der Möwen kreuzigt. Alles wird gut werden. Keiner hat uns gesehen. Wir werden ihn über Bord werfen, draußen auf offener See. Niemand wird ihn dort finden. Du bist frei. Ich werde dir helfen. Hab keine Angst.«

Sie aß nicht und sie trank nicht. Wie hypnotisiert saß sie da. Ich wickelte sie in eine Wolldecke und flößte ihr heißen Grog ein. Willenlos ließ sie alles mit sich geschehen. Ich streichelte ihr Haar.

Wir segelten vor einem besonders klippenreichen Abschnitt der jugoslawischen Küste. Das Ruder verlangte meine ganze Aufmerksamkeit. Als ich nach ihr sah, war sie in tiefen Schlaf gesunken, aus dem sie erst am Abend wieder erwachte. Sie erhob sich wortlos. Ihre Augen suchten den eingewickelten Leichnam. Ich hatte ihn mittags über Bord gerollt. Erleichtert kletterte sie wieder zurück in die Kajüte. Ich hörte, wie der Kühlschrank geöffnet wurde. Sie benagte ein halbes Huhn. Ein Tier, dachte ich, eine große Katze. Am tierhaftesten jedoch war ihr Schweigen. Mit großen Augen hörte sie zu, wenn ich mit ihr sprach. Aber sie selbst sagte kein einziges Wort. Wenn ich auf mich zeigte und meinen Namen nannte, so erhellte ein Lächeln ihr Gesicht, so als verstünde sie. Wenn ich aber auf sie zeigte und nach ihrem Namen fragte, so schwieg sie.

»Ich glaube, du bist stumm.« Sie schwieg. Nur ihre Augen sprachen. »Du hast schöne Augen, Katzenaugen.« Sie verstand mich nicht. Oder doch?

In einer kleinen, einsamen Bucht gingen wir vor Anker. Während ich die Segel einholte, verschwand sie in der Kajüte und improvisierte in nur wenigen Minuten ein hervorragendes chinesisches Abendessen.

»Ich glaube, ich habe einen guten Fang mit dir gemacht.« Ich nahm sie in meine Arme. »Bitte nicht, noch nicht. Lass mir Zeit!«, bettelten ihre Augen.

Später stand sie an der Reling und flocht ihr Haar.

»Du bist schön, kleine Möwe«, sagte ich.

In der Nacht hatte ich einen Traum. Wir lagen nackt auf dem warmen Sandstrand einer tropischen Meeresbucht. Die Brandung rauschte. Wir liebten uns. Sie wand sich unter mir wie eine Schlange. Und dann öffnete sie ihre Lippen zu einem fürchterlichen Schrei. Es war der Todesschrei einer Möwe.

Ich erwachte. Wo bin ich? Was ist los? Schlaftrunken taumelte ich an Deck. Im kalten Morgenlicht am Mast sah ich sie, den blutigen Hammer in der rechten Faust. Mit kurzen, harten Schlägen trieb sie den Nagel durch die zuckende Möwe.

»Nein!«, schrie ich. »Nein!« Ich warf mich auf sie, um das Entsetzliche zu verhindern. Und während ich stürzte und sie mit dem Hammer über mir sah, wusste ich mit einem Mal, dass alles ganz anders gewesen war.

Gina und Giovanni

Kennt ihr die schöne Geschichte von der noch schöneren Phryne, die man im alten Athen des Perikles fast zum Tode verurteilt hätte und die man jubelnd begnadigte, als der Verteidiger ihr das Brusttuch vom makellosen Busen riss und den Geschworenen zurief: »Wollt Ihr dieses vollendete Kunstwerk der Götter wirklich zerstören?«

Solch ein Geschöpf ist Gina, eine Halbgöttin mit Brüsten wie die Diana von Ephesus, eine Venus mit zwei Zauberbergen. Fleisch der Götter!

Wer beim Anblick dieser Brüste nicht auf die Knie fällt, ist ein Gotteslästerer, der es nicht verdient, dass ihn eine Mutter gestillt hat.

Seht, da geht sie mit Schritten, die wie Wellen lang aus den wiegenden Hüften rollen. Jetzt gleitet das linke Bein – jung und braun – nach vorn. Seidiger Stoff umfließt das kleine Knie mit zärtlichem Schwung. Ein fallender Vorhang, der Applaus fordert, eine flatternde Fahne, die Männerherzen im Sturm erobert. Samtene Innenschenkel streicheln einander im Vorbeigleiten wie Nachtfalterflügel im Flug. Kurven verändern ihre Neigungswinkel, steigen, schwanken, erzittern, schwellen, stürzen ins Bodenlose. Da ist keine Stelle ihres Leibes, die sich nicht bewegt. Alles atmet, lockt, drängt, fordert.

Ihre Brüste! Ach, ihr Busen! Oh, seht ihn euch an!

Er widerspricht allen Naturgesetzen. Wie kann etwas gleichzeitig so fest und so weich sein, so rund und so spitz, so schwer und so übermütig hüpfleicht! Die Anziehungskraft der Erde ist nichts gegen die Urgewalt, die von diesen Brüsten ausgeht.

Hier enden alle Naturgesetze. Vielleicht ist die Gerade die kürzeste Verbindung zwischen zwei Punkten, aber diese elastisch schwingenden Kurven sind die vollendetste Verbindung zwischen zwei Punkten. Und was für Punkten! Es gibt nicht genügend Adjektive, um sie zu beschreiben.

Seht, da geht sie mit Schritten, die wie Wellen lang aus den wiegenden Hüften rollen. Ihr Haar ein wogendes Weizenfeld, Goldregen im Morgenwind. Ihr Gesicht ... Augenblick mal, wie sieht eigentlich ihr Gesicht aus? Natürlich hat sie zwei rote Lippen und eine flinke Zunge. Aber die Stirn, die Nase, die Augen? Ist das wirklich so wichtig? Raubkatzen und Antilopen haben auch Gesichter, gewiss, aber wer interessiert sich schon dafür? Kein Geschöpf besitzt so viel Rasse wie ein edles Pferd. Kein Tier ist schöner als ein arabisches Vollblut, aber sagen Sie mal zu jemand, er habe ein Gesicht wie ein Pferd. Wir Menschen überbewerten die Vorderansicht unserer Köpfe, weil wir unsere Leiber unter Kleidern verbergen. Dabei gibt es Zeitgenossen, die sollten lieber ihre Gesichter verhüllen und nackt gehen.

Bei allen Rassetieren sind die Gesichter Nebensache, und zu diesen Geschöpfen gehört Gina.

Mit der Rasse ist es bei den Frauen wie bei den Pferden. Sie offenbart sich am deutlichsten im Gang, in der Bewegung der Hände und der Füße und in der Haltung des Kopfes.

Gina verströmt nicht nur Rasse, sondern vor allem Sex. Könnte man einen Menschen mit Blicken entkleiden, so wäre sie ständig erkältet. Jeder Mann zieht sie mit seinen Blicken aus, so wie sie jeden Mann anzieht. Knaben, Greise und ganze Kerle streicheln ihr in Gedanken die Wäsche vom lockenden Leib. Oh, Madonna!

Und Gina? Gina lebt nur für Giovanni. Er ist ein Teil von ihr. Sie liebt ihn, und er liebt sie.

Wenn sie die Augen schließt, sieht sie Giovanni, und wenn sie sie öffnet, sieht sie ihn ebenfalls, gleichgültig ob er da ist oder nicht. Er ist immer da. Oh, Giovanni!

Natürlich ist Gina verheiratet. Ihr Mann heißt Nerone. Wie alle Sarden ist er schrecklich eifersüchtig. »Wenn du mich je betrügst, so werde ich dich ermorden.« Er arbeitet in der Verkaufsabteilung einer Maschinenfabrik und ist häufig auf Reisen.

Dann liegt Giovanni die ganze Nacht in seinem breiten Doppelbett bei Gina. Breitbeinig steht sie vor dem Bett. Giovanni liegt auf dem Rücken und erwartet sie wie ein Verdurstender. Sie spürt seine fordernden Blicke auf der Haut. Er will sie mit kindlicher Schamlosigkeit. Langsam öffnet sie die Knöpfe. Sie streift die bunte Bluse über ihre Schultern. Knisternd gleitet kühle Seide über heiße Haut. Für ein paar Herzschläge stoppt selbst die Zeit in den Uhren. Dann liegt er in ihren Armen.

Wenn seine Hände nach ihr greifen und seine Lippen gierig an ihren steil aufgerichteten Brustwarzen saugen, so könnte sie jedes Mal vor ungebändigtem Glück schreien. Nach einer Weile legt sie Giovanni auf den Rücken, zieht ihm die Hose aus und macht ihn fertig.

Seht, da liegen sie in ihrem Nest, aneinandergeschmiegt und nackt wie junge Vögel. Er liegt ermattet in ihren Armen. Sie spürt seinen Atem. Der feste Bauch bedrängt sie und zieht sich werbend zurück. Er lächelt. Nun schlafen sie beide.

Langsam öffnet sich die Schlafzimmertür. Ein Schatten fällt in den Raum. Nerone ist heimgekehrt, früher als erwartet. Reglos wie eine römische Säule steht er da und starrt auf die Schlafenden in seinem Bett, so als wolle er sich das Bild tief und unauslöschlich für alle Zeiten einprägen.

Seine Zähne unter dem schwarzen Schnurrbart blitzen. Er lächelt.

Behutsam hebt er Giovanni aus dem Bett. Er küsst ihn. Dann trägt er seinen Sohn zum Kinderzimmer und legt ihn ins Babykörbchen.

»*Buona notte*, Giovanni. Schlaf gut!«

Der tote Zwilling

Eigentlich sollte ich gar nicht darüber sprechen, aber je älter ich werde, desto mehr bedrückt mich diese schreckliche Geschichte. Ich muss darüber reden, um mich von der Last zu befreien. Ich werde Ihnen mein Verhängnis verraten. Aber bitte behalten Sie es für sich, weil ich sonst eine Menge Schwierigkeiten bekommen werde. Aber urteilen Sie selbst:

Wir waren Zwillinge; der eine wurde Willi genannt; der andere erhielt den Namen Theodor. Eines Tages, als wir nur wenige Wochen alt waren, wurden wir vertauscht. Einer von uns beiden ist dann kurz darauf gestorben, ohne dass festgestellt werden konnte, wer es war, denn wir sahen uns zum Verwechseln ähnlich. Mein Vater und meine ältere Schwester glaubten, es sei der Willi gewesen. Meine Mutter und die Großeltern waren sich ganz sicher, dass uns der Theodor verlassen hatte. Die Angelegenheit wurde nie geklärt.

Ich habe mich mein ganzes Leben lang mit dem Fall befasst. Anhand einer Tagebucheintragung eines inzwischen verstorbenen Taufpaten konnte ich ihn am Ende lösen. Der Pate schreibt dort, einer von uns beiden trug ein auffallendes Muttermal zwischen den Schulterblättern. Und dieses Kind ist gestorben. Und nun kommt das Entsetzliche: Dieses Kind war ich.

Selbstmord

Er saß in einem Zugabteil und betrachtete mit erstaunten Augen die vorüberfliegenden farbigen Impressionen der Landschaft. Mit seltsamer Inbrunst genoss er Farben und Formen, so als erlebte er die leuchtende Pracht der Erde zum ersten Mal. Oder war es das letzte Mal?

Weinberge glitten vorüber, Wiesen, welche wie der Samt florentinischer Gewänder schimmerten, Maulbeerbäume und Korkeichen, blühender Oleander, Glyzinien und Azaleen. In weiter Ferne lagen Eichen- und Pappelwälder wie Wolkenschatten auf dem Land. Bisweilen leuchtete ein Gewässer auf. Zypressen eilten die Straßen entlang, verfolgten den Zug wie Staffettenläufer. Vor altem Gemäuer schimmerten Kaktusfeigen, Aloen und Lorbeerbäume. Da und dort sah man Landleute bei der Feldarbeit. Ein Paar müde Ochsen zogen einen schwer beladenen Erntekarren. Der Kutscher winkte lachend mit der Peitsche. Der Mann im Zug wollte zurückwinken, aber da war das Bild schon fortgewischt. Wie er da saß am Fenster und hinausstarrte, erinnerte er an die Zeilen eines deutschen Gedichtes: »Trinkt, o Augen, was die Wimper hält, von dem goldnen Überfluss der Welt!«

Der junge Priester, der ihm gegenübersaß, las in einem Buch. Wie kann man durch diese leuchtende Wunderwelt fahren und sich in einem Buch vergraben, dachte der Mann. Er hatte die Vierzig überschritten, war hager und auffallend blass, wie jemand der lange krank gewesen war. Sein dunkles Haar war an den Schläfen ergraut. Das Auffallendste aber waren seine Augen. Sie schienen nicht mitgealtert zu sein. Die Zeit war an ihnen vorübergegangen. Sie gehörten immer noch dem Vierzehnjährigen, der nach einem Sturz sein Augenlicht verloren hatte.

Den größeren Teil seines Lebens hatte er im Dunkeln verbracht, eingekerkert in einem Käfig, durch dessen Gitterstäbe niemals ein Lichtstrahl fiel. Nur mit Grauen dachte er an die Nacht ohne Ende. Wäre ihm nicht die Hoffnung geblieben, er hätte sich das Leben genommen. »Es ist kein organisch bedingtes Leiden«, sagten die Ärzte, die ihn untersuchten. »Es besteht berechtigte Hoffnung, dass Sie eines Tages wieder sehen werden.«

Er hatte viele Ärzte konsultiert. Als sie ihn nach Rom brachten, in die Privatklinik des Dottore Saltarello, da glaubte eigentlich keiner, dass diesem Saltarello gelingen würde, was so viele andere vor ihm vergeblich versucht hatten. Das Wunder hatte sich erst vor wenigen Tagen ereignet, und dennoch lag es eine Ewigkeit zurück. Die Zeit im Licht zählte doppelt, dreifach, hundertfach. Wie lang und erfüllt war ein Augenblick! In den letzten Tagen hatte er mehr gesehen als in seinem ganzen bisherigen Leben.

Rom! Jeder Wimpernschlag war ein Erlebnis. Völlig erschöpft fiel er gegen Morgen in sein Bett, zu erregt, um Schlaf zu finden. Es gab so unendlich vieles zu entdecken.

»Übertreiben Sie es nicht«, sagte Saltarello. »Auch die Augenmuskeln wollen trainiert werden.«

Die selbstverständlichsten Dinge nahmen ihn gefangen. Sogar die zerbrochenen Steine der Ruinen erregten sein Entzücken. Welch unvergesslicher Zauber ging von dem Travertin aus, wenn er in der Abendsonne zu glühen begann. In den warmen Nächten erlag er dem Zauber der römischen Brunnen, in deren klarem Wasser sich der Sternenhimmel spiegelte.

»Rom! In meinen Erinnerungen werden einmal nur seine Wasser sein, diese klaren, köstlichen, bewegten Wasser, die auf seinen Plätzen leben; seine Treppen nach dem Vorbild fallender Wasser erbaut; seiner Gärten Festlichkeit und die Pracht großer Terrassen; seine Nächte, die so lange dauern, still und mit großen Sternbildern überfüllt.« Erst jetzt verstand er die Worte Rilkes, die er als blinder Schüler auswendig gelernt hatte.

Das Pfeifen der Lokomotive unterbrach seine Bilderbuchträume. Schwerfällig hielt der Zug in einer einsamen Bahnstation. »*Arrivederci*«, sagte der junge Priester. Jetzt hatte er das Abteil ganz für sich. Er genoss es. Als Blinder ist man nur selten allein. Wie ein Kind wird man auf Schritt und Tritt begleitet. Er hatte nicht nur seine Sehkraft wiedergewonnen, sondern auch seine Selbständigkeit und Freiheit. Ob die Sehenden wissen, wie reich sie sind?

Die Fahrt ging jetzt durch gebirgiges Land. Wie Schwalbennester klebten Bergdörfer und Burgen an felsigen Hängen. Pinienschirme spendeten violetten Schatten. Ein brüchiger Campanile überragte den Flickenteppich der Dächer. Die schon tiefstehende Sonne spiegelte sich im feinen Gewässer.

Er erwachte. Dunkelheit umgab ihn. Entsetzt fuhr er sich über die Augen. Die nachtschwarze, bodenlose Leere blieb. »Nein«, schrie er. »Nein!« Er tastete nach seiner Blindenuhr und befühlte den Zeigerstand. Er hatte nur wenige Minuten geschlafen. Was war geschehen? Hatte er die Romreise, die Operation, die farbigen Feuerwerke, die Bilder und Formen nur geträumt? Träumte er jetzt? Er zwickte sich in den Arm. Die Dunkelheit blieb. Der Sturz in die eben erst überwundene höllische Finsternis war fürchterlich. Er schluchzte vor Schmerz. Aus seinen toten Augen flössen heiße Tränen. »Ich will nicht mehr«, flüsterte er. »Ich ertrag es nicht. Lieber tot als ohne Licht.«

»Selbstmord«, sagte Inspektor Tossini von der italienischen Kriminalpolizei. »Ein typischer Fall von Selbstmord. Er ist auf die Sitzbank gestiegen. Hier, sehen Sie selbst, die Abdrücke seiner staubigen Schuhsohlen auf dem Polsterstoff. Und dann hat er sich aus dem Fenster gestürzt.«

»Vielleicht hat er sich zu weit hinausgelehnt«, sagte der Bahnpolizist.

»Man lehnt sich aus dem Fenster, wenn man etwas sehen will«, sagte Tossini. »Warum sollte sich jemand in einem stockdunklen Tunnel hinauslehnen?«

Rumtopf-Geschichte

S eit Sonnenaufgang hatten die Kanonen gebrüllt. Sie
hatten Feuer und Tod gespien. Wie ein Gewitter
hing die Schlacht über dem Meer. Dann endlich kam
die Nacht. Die Gegner, die sich wie zwei tollwütige
Hunde ineinander verbissen hatten, erwachten aus ihrem Kampfrausch, tödlich verwundet und am Ende
ihrer Kraft. Die Franzosen hatten vierzehn Fregatten
verloren. Die Übriggebliebenen waren schwimmende
Wracks. Mit verhedderten Wanten, gebrochenen Spieren
und zerfetzten Segeln trieben sie wie harpunierte Wale
auf dem Atlantik. Die Toten bedeckten die Planken der
Decks, zerrissen vom Blei der Kartätschen, erschlagen
von stürzenden Masten, verbrannt vom Feuer. Das Stöhnen der Sterbenden vermischte sich mit dem Wehklagen
der Lebenden. Die Schreie der Verwundeten wurden
vom Wind davongetragen.

Die Engländer hatten alle Linienschiffe verloren. Ihr
junger Admiral, ein Großneffe des Herzogs von Edinburgh, lag schwer verwundet in der Messe des Flagg-
schiffes und rang mit dem Tod. Sein Adjutant und vier
von fünf Stabsoffizieren lagen auf dem Grund des Mee-
res. Die Lage war katastrophal.

Als der Morgen grau und trostlos heraufdämmerte,
trauten die Engländer ihren Augen nicht. Die französi-

sche Flotte hatte im Schutz der Nacht die Anker gelichtet und war davongesegelt.

Acht englische Schiffe hatten die Schlacht überlebt. Der erst zweiunddreißigjährige Kapitän Weatherwise wurde zum Flottenchef gewählt. Er verteilte die Überlebenden der versenkten Boote auf die noch manövrierfähigen Schiffe, wobei er die Maryland zum Hospitalschiff ernannte. Er verfügte, dass alle Schwerverwundeten dorthin gebracht würden, damit sie die Fürsorge erhielten, die sie auf Grund ihres heldenhaften Einsatzes verdient hätten. In Wahrheit jedoch wusste er, dass die Verstümmelten und Sterbenden die Kampfmoral der Mannschaft untergraben würden, wenn es zu weiteren kriegerischen Auseinandersetzungen mit den Franzosen kommen sollte. Die Maryland segelte eine halbe Seemeile hinter dem Flottenverband, so als hätte sie die Pest an Bord.

»Der Sarg« – wie man das Hospitalschiff nannte – war eine schwimmende Hölle. Die Schwerverwundeten lagen unter Deck, dicht nebeneinander auf dem Holzboden. Die meisten von ihnen hatten Hände, Füße, Arme oder Beine verloren. Es gab Einäugige, Blinde und Skalpierte. Die mit Granatsplittern in den Därmen starben als Erste. Einige schrien und rasten so, dass man sie knebeln und fesseln musste. Andere weinten und winselten wie kleine Kinder. Es gab keinen Arzt. Die Hilfe, die man den Verstümmelten zukommen ließ, bestand darin, dass man ihnen feuchte Kompressen auflegte, um das Fieber zu stillen. Man las ihnen aus der Bibel vor und fütterte sie mit Zwieback und Fleischbrühe. Diejenigen, die sich nicht zu bewegen vermochten, wurden wie

Säuglinge trockengelegt. Der Gestank unter Deck war mörderisch. Kot, Urin, Schweiß, geronnenes Blut und Eiter mischten sich mit dem süßlichen Geruch des Todes. Es wimmelte von Fliegen und Flöhen. Steriles Verbandszeug fehlte. Man verwendete alte Mehlsäcke und zerrissene Wäschestücke. Die Wunden wurden brandig. Blutvergiftung und Wundfieber rafften die Männer dahin. Einige erhängten sich. Andere sprangen im Fieberdelirium über Bord.

Murphy Osborn war vom Luftdruck eines Geschosses gegen den Großmast geschleudert worden. Als man ihn zur Maryland brachte war er ohne Bewusstsein. Sein Gesicht war verschwollen und blutverkrustet. Eine Platzwunde zog sich quer über die Stirn. Die Schneidezähne fehlten. Er erholte sich wider Erwarten schnell. Als Leichtverwundeter war er dazu verurteilt, die Todeskandidaten zu pflegen. Er teilte sich seine Arbeit mit William Kibben, dem eine Mörserladung beide Ohren und die Nasenspitze abgerissen hatte. Nach kurzer Zeit waren sie aufeinander eingespielt wie ein altes Ehepaar. Murphy, der kleinere, fasste die Verstorbenen bei den Füßen, und William umarmte sie von hinten. Sie trugen ihre noch warmen Patienten an Deck auf die Leeseite und schwenkten sie einige Male nach rechts und nach links, bevor sie sie losließen. Danach schlugen sie ein Kreuz. Das alles geschah ohne Worte, so wie man Dinge tut, die halt getan werden müssen.

Die Männer redeten nur selten miteinander. Wenn der Gestank und das Stöhnen unerträglich wurden, sagte Murphy zu William: »Du hast es gut, Bruder. Du hast keine Nase und keine Ohren.« Und William, der ihn nicht verstand, nickte mit dem Kopf.

In der zweiten Woche nach der Seeschlacht lag Murphy zwischen dem Tauwerk auf dem erhöhten Achterdeck der Maryland und träumte. Trotz der Kälte schlief er lieber unter freiem Sternenhimmel als im verpesteten Bauch des schwimmenden Sarges. Und wie er da so lag, hörte er das gleichmäßige Planschen von Ruderblättern. Eine kleine Barkasse näherte sich und legte sich längsseits. Murphy sah, wie ein paar Männer ein großes Fass an Bord zogen. Sie rollten es über Deck, öffneten eine Luke in der Bugspitze und ließen das Fass vorsichtig hinab. Dann verschwanden sie so lautlos, wie sie aufgetaucht waren. Am anderen Tag wusste Murphy nicht, ob der nächtliche Spuk Wirklichkeit gewesen war oder ob er ihn nur geträumt hatte. »Scheiße«, sagte er zu sich selbst. »Wer auf diesem Schiff ist, wird verrückt.«

Er suchte nach der Luke und fand sie. Als er sie anhob, sah er das Fass.

In der Nacht, als alle schliefen, stieg er hinab zu seinem seltsamen Fund. Es war ein Rumfass, verspundet und versiegelt. Er beklopfte es. Es war voll. Er holte sich einen Bohrer und schraubte von oben ein nageldickes Loch in den Deckel der Tonne. Als er den Bohrer wieder herauszog und daran roch, setzte für ein paar Pulsschläge sein Seemannsherz aus. Es war Rum! Feinster, hochprozentiger Jamaica-Rum. Donnerwetter! Er beschnupperte und beleckte den Bohrer wie ein junger Hund. Dann holte er sich aus seiner Matratze einen Strohhalm, steckte ihn in das Loch und saugte sich voll wie eine Stechmücke, wie ein trockner Schwamm, wie ein Verdurstender. Zwischendurch lachte er wie irr, sprach mit sich selbst und saugte, saugte, saugte, bis sich alles um ihn drehte.

Als er erwachte, hielt er das Rumfass in seinen Armen wie eine dicke Geliebte. Trotz des Katers war er den ganzen Tag guter Laune. Jetzt war ihm um den Rest der Reise nicht mehr bange. Mit zweihundert Liter Jamaica-Rum würde er sogar durch die Hölle segeln. Und alle, alle, alle könnten ihn am Arsch lecken, selbst der Teufel und der Tod und die Franzosen.

Murphy kam jetzt jede Nacht und schlief bei seinem Fass im Ankerkettenkasten in der Back. Es waren schöne Nächte. Nur eines fehlte. Denn mit dem Trinken ist es wie mit dem Sex und dem Kartenspiel: Es gehören mindestens zwei dazu, sonst macht es keinen Spaß. Und so erzählte er William Kibben von seiner wunderbaren Entdeckung, das heißt, er zapfte ein Glas Rum ab und gab es dem anderen. William schluckte das Zeug wie Wasser, stutzte und glotzte mit so inbrünstigen Augen, als hätte er eine Marienerscheinung. Die Tränen liefen ihm über das faltige Gesicht. Dann fiel er seinem Gönner um den Hals.

In dieser Nacht lagen sie zu zweit bei dem Fass in dem engen Ankerkettenraum, tranken und sangen, lachten und schwatzten. Murphy verstand nichts von dem, was William erzählte, weil der Freund durch den Verlust der Nasenspitze entsetzlich nuschelte. Und William verstand nichts von dem, was Murphy erzählte, weil seine Ohrlöcher so wund und verschwollen waren, dass sie nichts wahrnahmen. Trotzdem war es schön! Eigentlich gab es nur einen Umstand, der das Glück der Männer trübte: Was würde geschehen, wenn die, die das Fass hier versteckt hatten, zurückkämen, um ihren Schatz zu bergen! Dann würde es Tote geben. Murphy und William würden um ihren Rum kämpfen. Wer waren diese Schurken überhaupt? Wahrscheinlich hatten sie das Fass von den Franzosen erbeutet. Die Maryland war ein guter Platz, um Beute zu verstecken, denn freiwillig würde kein Gesunder von den anderen Schiffen dem Sarg einen Besuch abstatten. Und die Halbtoten hier hatten andere Sorgen als umherzuschnüffeln. Der Flüssigkeitspegel in dem Fass fiel mit jeder Nacht, sodass sie ihn schon bald nicht mehr mit ihren Strohhalmen erreichten. Sie setzten tiefere Bohrungen an und verklebten die alten Schürflöcher mit Schiffspech. Der Rum schmolz dahin wie Schnee in der Sonne, denn Murphy und William waren gestandene Zecher. Der Ältere träumte von heißem Schweinefleisch und der Jüngere von noch heißerem Frauenfleisch. Sie verließen den Ankerkettenkasten nur, um zu pinkeln und um zu kotzen.

Die Maryland und die Tage segelten dahin. Das Sterben nahm kein Ende. Täglich ging ein Toter über Bord. Die meisten der Verwundeten waren bereits von ihren Qualen erlöst. Auf den Rest warteten die Fische. Ihre Wunden eiterten und faulten. Das Fieber verbrannte ihre ausgemergelten Leiber. Obwohl sie täglich weniger wurden, nahm der Gestank nicht ab, sondern zu. Es war so, als hätten sich die Planken des Schiffes mit Fäulnis und Verwesung vollgesogen. Die Pestilenz hing in allem – übelriechend und ekelhaft – im Haar und in den Kleidern, sogar im Rum. Er schmeckte nicht mehr. Auch in ihm war der Tod. Der widerliche Geschmack verschwand erst, wenn man einen Viertelliter Alkohol in den Gedärmen hatte. Dann läuteten alle Glocken von Wales, und die Luft war erfüllt vom Duft blühender Wiesen. Dann siegte das Leben über alle Gräber und Grüfte.

Als die kleine Armada am Mittwoch vor Karfreitag die Themsemündung erreichte, lebten im Sarg noch sieben Seelen. Murphy Osborn war vom Fieber und vom Durchfall so geschwächt, dass er den Tod seines Trinkkumpanen nicht mehr bei Bewusstsein erlebt hatte. William Kibben war vor Dover zu den Fischen gegangen. Die Nacht zuvor hatten sie noch bei ihrem Fass gelegen. William hatte gelallt: Juppheidi, juppheida, Rum ist gut für die Cholera! Am Abend war er hin.

Am Tag der Landung – die Kranken hatte man ins Heilig-Geist-Hospital gebracht – wurde ein Ruderboot an der Maryland festgemacht. Sechs Männer kamen an Bord und holten das Fass. Sie verluden es auf einem Pferdefuhrwerk mit dem Wappen des Herzogs von Edinburgh.

Noch in derselben Nacht wurde bei Fackelschein das Fass geöffnet. Man stellte mit Entsetzen fest, dass es nur noch zur Hälfte mit Rum gefüllt war. Der junge Admiral, den man auf diese ungewöhnliche Weise zu konservieren gehofft hatte, um ihn in der väterlichen Familiengruft mit allen Ehren zu bestatten, war in völlige Verwesung übergegangen.

Murphy Osborn aber starb am anderen Tag. Es wurde nie geklärt, ob an einer Alkoholvergiftung – oder an der Fleischvergiftung. Gott sei seiner Seele gnädig.

Festvortrag

Der Berliner ist um keine Antwort verlegen, so sagt man. Und so ist es. Die folgende Geschichte mag das bezeugen. So wie sich viele Ehepaare im Laufe der Jahre immer ähnlicher werden, so passen sich auch manche Untergebene ihrem Chef an. Zu Kaiser Wilhelms Zeiten bemühten sich Tausende von Männern, wie ihr Herrscher zu sein. Sie trugen nicht nur den gleichen Schnurrbart, sondern sogar den gleichen Namen. Da aber nicht alle Wilhelm heißen konnten, taufte man sie zur Unterscheidung Hans-Wilhelm, Ernst-Wilhelm, Klaus-Wilhelm und so fort.

Ähnlich kongruent war das Dienstverhältnis zwischen Professor Dr. Justus Herrenberg und seinem Chauffeur Emil Mahnke, der seinen Chef nicht nur fuhr, sondern auch dafür sorgte, dass der seine Medizin nahm, pünktlich zu seinen Verabredungen erschien und korrekt gekleidet war. Beide Männer waren so ziemlich gleich alt und hatten die gleiche Konfektionsgröße. Sie trugen die gleichen Bally-Schuhe und Maßschneideranzüge. Allerdings waren die von Emil Mahnke etwas älter, denn er bekam die abgelegte Garderobe seines Brotgebers. Beide waren Brillenträger, Schnurrbartträger und trugen den Scheitel auf der gleichen Seite. Unterschiedlich waren ihre Titel und ihr Einkommen. Justus Herrenberg, dreifacher Doktor, Professor und Ritter der Ehrenlegion, war Schönheitschirurg und auf dem Gebiet eine weltweit anerkannte Koryphäe. Emil Mahnke war, wie schon erwähnt, sein Fahrer und Faktotum für vieles.

Wenn der Professor nicht operierte, hielt er wissenschaftliche Vorträge vor Berufskollegen auf Ärztekongressen, für vierstellige Honorare, wie es sich für einen gehört, der die First Lady der Vereinigten Staaten von Amerika bereits zweimal geliftet und der Michael Jacksons Nase vor dem endgültigen Verfall gerettet hatte. Es gab nur wenige Busen in Hollywood, an die er nicht Hand angelegt hatte. Von der Glatzenverkleinerung bis zur Penisvergrößerung gab es keine kosmetische Korrektur, die er nicht mit Bravour beherrschte. Wülstige Schnauzen modellierte er zu fein geschwungenen Mona-Lisa-Lächellippen. Mit dem Fett, das er Molligen abgesaugt hatte, hätte er die Ölheizung in seinem Schweizer Chalet mehrere Winter lang am Brennen halten können.

Sein Erfolg beruhte auf der Eitelkeit der Menschen. Wen wundert es, dass auch er nicht dagegen gefeit war. Das war auch der Grund, warum der Professor seine Vortragsreisen so liebte, denn hier stand er wie ein Star im Mittelpunkt. Hier konnte er angeben mit seinen Erfolgen und engen Beziehungen zu Machthabern, Multimillionären und Medienstars.

Sein Vortrag in der Berliner Kongresshalle war seit Wochen ausverkauft. Als der Professor am Tag vor seinem Auftritt in Berlin eintraf, machten sich die Halsschmerzen bereits bemerkbar. Sie wurden im Laufe der

Nacht schlimmer. Am Morgen war der Professor fast ohne Stimme.

»Wir müssen die Veranstaltung absagen«, meinte Mahnke.

»Geht nicht. Bin bis heute Abend wieder in Ordnung«, krächzte der Professor und schluckte die Medizin, die der Hotelarzt ihm gebracht hatte. Nichts half.

Drei Grogs verbesserten zwar nicht seine Stimme, aber seine Stimmung. »Weißt du, Mahnke«, sagte er. »Ich habe eine Idee. Wie oft hast du meinen Vortrag schon gehört?«

Er pflegte nämlich seinen Fahrer mit in die Vorlesungen zu nehmen, falls ihm etwas Unerwartetes zustoßen sollte.

Mahnke meinte: »Drei dutzend Mal mindestens.«

»Das dürfte reichen.«

»Was dürfte reichen?«

»Dass du den Vortrag hältst.«

»Ich?«

»Ja, du«, krächzte der Professor. »Du bist doch nicht blöd. Außerdem gebe ich dir mein Manuskript. Du hast meine Statur, meinen Schnurrbart. Du weißt wie ich ...« Hier versagte seine heisere Stimme vollends.

Mahnke wollte widersprechen. Der Professor wischte den Einwand mit einer ärgerlichen Geste vom Tisch.

Als sie am Abend bei der Kongresshalle vorfuhren, hatten sie die Rollen getauscht. Der Professor mit Chauffeurmütze fuhr den Mercedes. Mahnke im Nadelstreifenanzug lehnte lässig im Fond, ließ sich vom Professor die Wagentür öffnen, winkte, wie es sein Chef zu tun pflegte, den Reportern einen kurzen Gruß zu. In der Halle nahm der Professor am Rand der ersten Reihe Platz. Ein Aufseher wollte ihn vertreiben:

»Diese Plätze hier sind reserviert. Nehmen Sie bitte hinten bei den Fahrern Platz.«

»Ich bin nicht nur Fahrer. Ich bin Leibwächter und Krankenschwester in einer Person.«

Da ließen sie ihn, wo er war.

Der Vortrag wurde ein großer Erfolg. Nicht nur die Großdias beeindruckten die Fachleute. Der Professor war mit seinem Fahrer vollauf zufrieden. Ein toller Bursche! Typischer Berliner! Am Ende erhielt Emil Mahnke donnernden Applaus. Großartig gelaufen!

Bis sich in einer der vorderen Reihen ein Herr erhob und sagte: »Ich bin Chirurg an der Charité und habe da noch eine Frage.«

Von dem, was nun folgte, verstand der arme Mahnke nicht ein einziges Wort.

Dem Professor brach der Schweiß aus allen Poren. Doch dann hörte er Emil Mahnke sagen: »Wissen Sie, Herr Kollege, die Antwort auf Ihre Frage ist so offenkundig, dass sogar mein Chauffeur sie beantworten kann.«

Der Professor erhob sich, nahm seine Chauffeurmütze vom Kopf, beantwortete die gestellte Frage und erhielt brausenden Applaus.

»Eine wissenschaftliche Veranstaltung von brillanter Kompetenz«, schrieb die *Berliner Morgenpost*.

Emil Mahnke aber erhielt eine Gehaltsaufbesserung.

»Schließlich sind wir ja fast so etwas wie Partner«, meinte sein Chef.

E. W. Heine

In Berlin geboren, arbeitete über ein Jahrzehnt als Architekt in Südafrika und mehrere Jahre in arabischen Ländern. Er ist ein Meister satirisch-makabrer Erzählungen. Die überraschende Pointe lauert in den letzten Zeilen. Wenn nicht die deutschen Ortsnamen wären, fühlte man sich in der tiefschwarzen angelsächsischen Satire zu Hause. Die Herren Poe, Twain, Bierce und Roald Dahl lassen grüßen.